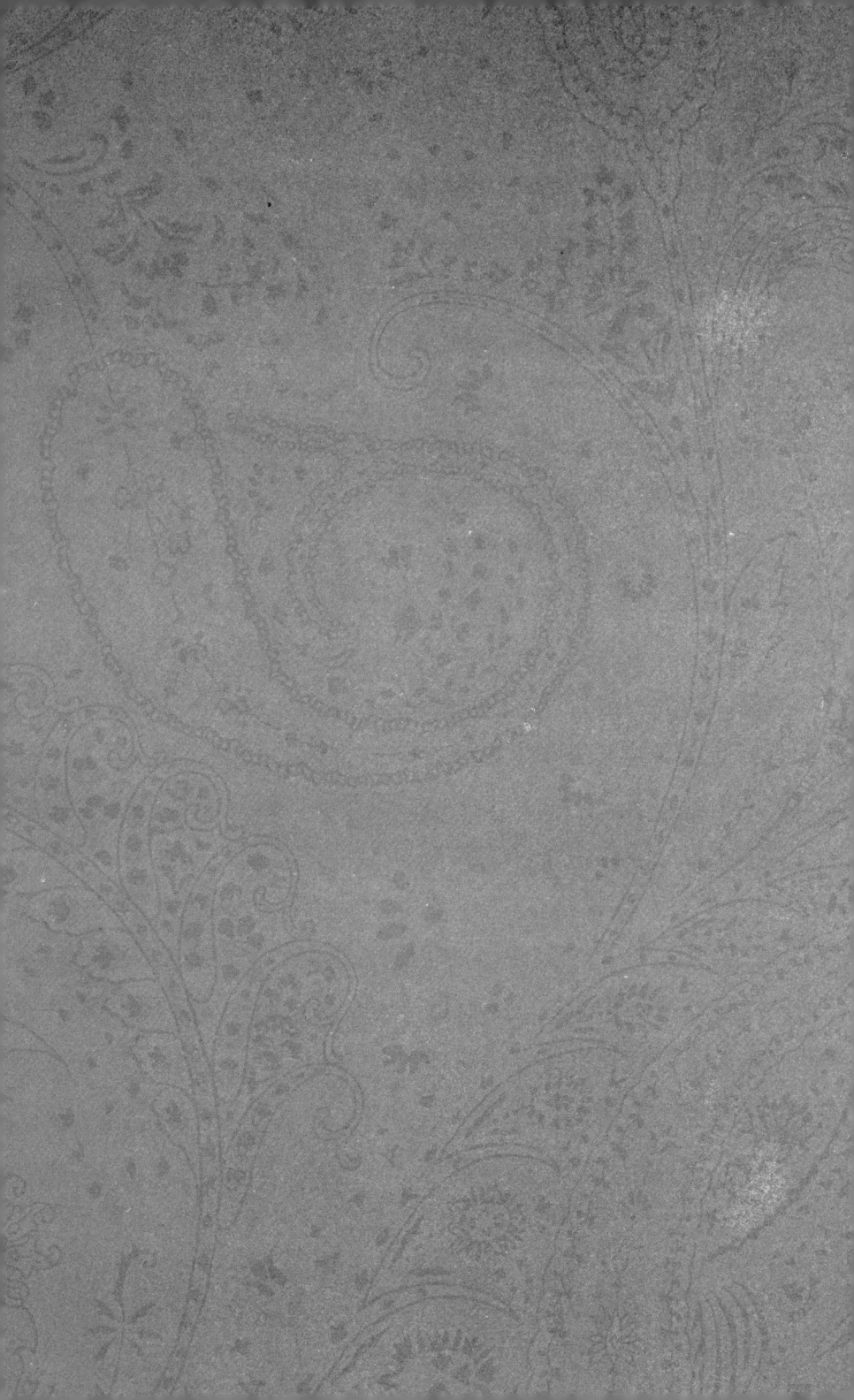

故事
HI-STORY

李东来 著

北方联合出版传媒(集团)股份有限公司
春风文艺出版社
·沈阳·

图书在版编目（CIP）数据

故事 / 李东来著. —沈阳：春风文艺出版社，2020.9（2022.2重印）
ISBN 978-7-5313-5831-2

Ⅰ.①故… Ⅱ.①李… Ⅲ.①短篇小说—小说集—中国—当代 Ⅳ.①I247.7

中国版本图书馆CIP数据核字（2020）第149948号

北方联合出版传媒（集团）股份有限公司
春风文艺出版社出版发行
http://www.chunfengwenyi.com
沈阳市和平区十一纬路25号　邮编：110003
永清县晔盛亚胶印有限公司印刷

责任编辑：邓　楠	责任校对：曾　璐
封面设计：李佳鑫	插　　画：李佳鑫
印制统筹：刘　成	幅面尺寸：142mm × 210mm
字　　数：119千字	印　　张：6.5
版　　次：2020年9月第1版	印　　次：2022年2月第2次
书　　号：ISBN 978-7-5313-5831-2	
定　　价：38.00元	

版权专有　侵权必究　举报电话：024-23284391
如有质量问题，请拨打电话：024-23284384

MULU
目 录

Part.1 夏影 / 2

Part.2 猫朋狗友 / 15

Part.3 故事 / 40

Part.4 追忆 / 122

Part.5 偏离 / 134

Part.6 观星 / 146

Part.7 无魔 / 164

欢迎来到《故事》世界的起点。

这次旅行一共有七个站点，它们彼此独立，又有千丝万缕的联系。

希望你在这趟旅途中，会见到一隅令你心动的景色，或是与其中的一个角色成为朋友。

开始读吧——临行时再耳语一句：愿你爱上这趟旅途……

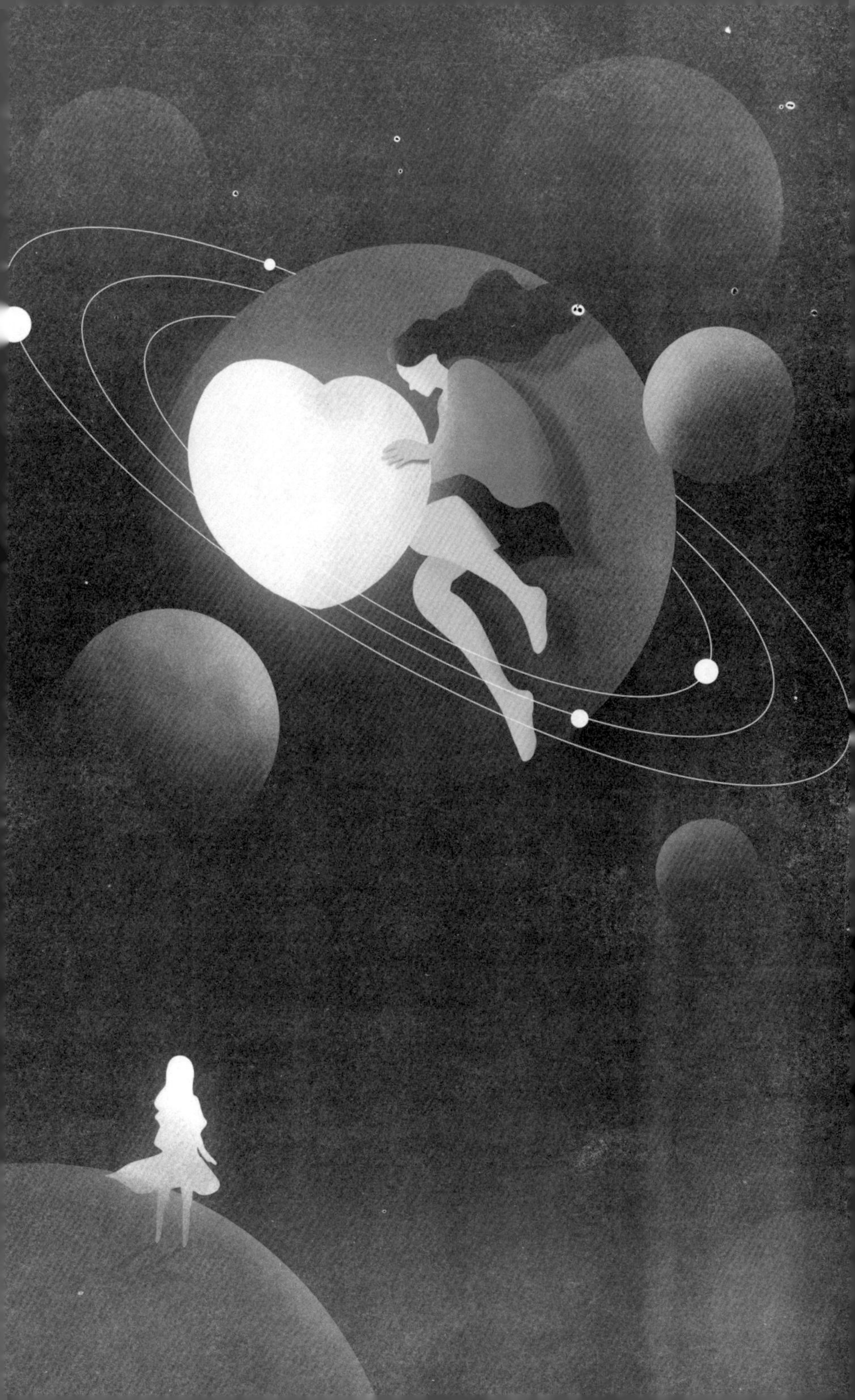

Part.1 夏影

壹走出校门,凝视着同学们的背影。

"哈,天气真热。"

天气是很热。行道树的叶子卷曲起来,翻腾的热浪和斜阳融化在一起,让壹的世界变得有些模糊。

壹不停地讲着最近的故事。她时不时会快乐地轻笑起来。

但是,在这笑容背后,藏着些什么东西。

也许,对于社交困难的孩子来说,笑容就是她们哭泣的方式吧。

至少壹是这样做的。

壹孤独的背影伴随着白日一起消逝。尽管孑然一身,她却仍在讲话,欢快的话语回荡在黄昏之下。

今天放学的时候，她像往常一样，远远跟在队伍的最末尾。

一个人影偷偷地脱离了队伍，消失在校园旁的荒地。从背影看，是个女孩。

壹把这一幕看在眼里，可是她并不在意，她甚至不知道那位同学的名字。不过话说回来，其他人的名字她也不知道。

第二天，直到放学，女孩都没有出现。除了壹，似乎没有人注意到她。壹知道的有关那个女孩的信息，十分遗憾地，是零。

壹十分不安，她确信，只有自己一人看到了那女孩的离去。躺在家中宽大的沙发上，那女孩闪烁的身影不断地在她眼前重播，好像刻意敦促她去寻找。

"行了！我去找！"壹对着天花板大喊一声，走进夜色中。

夜晚没有给气温带来一点变化，天气依然热得让人难以忍受。

壹行走在道路的一侧。她的剪影在地面上起伏，掠过小区的大门，掠过校园的围墙，最后，抵达了那女孩消失的荒地。

在荒地正中央，清冷的月光下，女孩抱头哭泣。

壹停下了脚步。看着不远处的女孩。女孩看到壹投下来的影子，慌忙抬头，却又马上低下头去，似乎不敢去看壹。

女孩抹了下眼泪，起身逃开。壹犹豫了一下，在她身后追着。

"喂！等一下！"

女孩还在跑着。壹累得气喘吁吁，但是她不想前功尽弃。

"喂！"壹大口喘气，喊着，但那个女孩丝毫不予理睬。

突然，女孩踢到了什么，被绊倒在地。女孩的膝盖狠狠磨过粗糙的路面。她缩成一团，似乎痛得站不起身来了。

壹小心翼翼地来到她身边，试图和她说话。她连续深呼吸三次，告诫自己，没什么！没什么！没什么的！只要像平时那样自言自语就好啦！

但最终，她还是没有开口，只是伸出手，拉住女孩的手。掌心相握的瞬间，壹感到一阵慌乱，但她拉着女孩，帮助女孩慢慢直起身子。

还好，女孩没有再试图逃跑。壹看向她的伤口，擦破了点皮，但是没怎么流血。壹半蹲下来，帮助她轻拍掉伤口上的灰尘和小石子。

"最好……"

壹嗫嚅着。她把脸都憋红了，最终把话说了出来："最好用水冲一下，不然伤口会感染！"

她不歇气地说着，恰巧女孩抬起头，看着壹。壹看到她的脸，瞬间惊得说不出话来。

此时此刻，在这个世界上，似乎只有这两个人存在。

女孩和壹有着相同的面孔。

"喂。"

壹用手戳戳女孩的肩膀："你会不会说话啊？"

壹有些烦躁了。她不满地嘟起嘴。

"至少告诉我你的名字，行吗？"壹继续问道。

女孩只是安静地坐着。

看着她毫无生气的样子，壹忍不住说："看你这副样子，没有言语，不懂礼貌，这样会不会也没有朋友啊？如果没有朋友，就算从世界上消失，也不会有人思念你吧？"

女孩依旧一言不发。壹突然意识到自己出言不逊，不好意思地止住了话头。

两人别着头，谁也不看谁。

壹冥思苦想该说些什么，忽然，她有了个自认为很好的主意。

壹慢慢说道："叫你'零'好了！因为……"

因为你是一个小小的，甚至不够称为"一"的存在嘛。

壹暗自为自己的好主意笑了。

两个女孩依旧沉默地坐在沙石密布的荒地上。

壹渐渐感觉有些无聊。可是既然已经选择了前来寻找零，就不可以在这个时候半途而废。

突然，女孩的右脚在地上轻轻抽动了一下，发出十分细小的、摩擦石头的声音。壹担忧地偷偷侧头看了一眼。

原来，零睡着了。她细细的睫毛微微抖动。

壹有些不知所措。她从未见过什么人这样，离她这么近。此刻，看着那沉湎梦中的面孔，她竟莫名有几分释然。

也许她不是因为讨厌我才不跟我说话的。

——壹这么想。

说来奇怪，很久以来，壹都不关心别人是否喜欢她，此刻竟对这种事情在乎起来。

壹蹑手蹑脚地向零的身边靠了靠，更加仔细地观察起来。

单薄、瘦削的肩膀，柔软的头发，修长的手指，洁白的双臂。

很好看！壹高兴地点点头。

壹一直呆呆地注视着零。

零的眼皮颤动着，她慢慢睁开了眼睛。她的眼睛很美，黑色的瞳孔透出一点淡淡的棕色。

壹被这份美好感动了。

零盯着她的眼睛，微微张开嘴："哇。"

壹有些紧张。她挪开视线，把眼神对准地上的一块石头，坚决不移开。是自己的行为让零感到尴尬了吗？

"好美。"零这样说。她的眼中闪烁着星星一般的喜爱。

壹愣住了。

"你的眼睛好漂亮，真希望我也有一双这样的眼睛。"零轻轻地说。她察觉到壹的拘谨，便仰起头，看向月朗星稀的夜空。

"那么，你到底为什么要跑呢？"壹问道。两人一起漫步于夜空下，走到了黑暗的河水边。影子和月光交织在一起，流水生辉，使人心安。

"只是想躲开。躲开所有的一切。"零说，"可是不管跑得多努力，要逃离自己，还是好难做到啊。算了，和你说这些没有意义，反正你也不明白。就算你知道'零'的存在，可是，你真的了解她吗？"零木木地说，"我想不会吧。"

"不！"壹如此坚定地喊着，声音大到她自己都被吓了一跳。

"信我，我明白。"壹认真地说。

零没有说话。然后——不可思议地，微笑从她的脸上绽放出来。

她们拥抱在一起。开始的时候还有些犹豫，但是这拥抱越来越坚实，让两个人都感到安全。

她们忍不住哭起来。

这个时候，流泪比笑要好。因为，只有在泪水中，她们才能正视自己未曾拥有的一切。

壹有些困了。月亮也渐渐向地平线靠拢，再过一会儿，太阳就要升起来了。

零和壹并肩而立，面向即将喷薄出万丈光芒的东方。

"你看见过太阳升起吗？"零问壹。

壹很疲倦，强打精神不让自己睡过去："看见过，上学要起得很早，早到可以看到日出。"

零笑起来。

"啊，真羡慕你。我也想多看几次日出。"

"可以啊。而且，我会陪你的。"壹不假思索地回答。

"可是，要那样的话，只有一个办法，只有一个办法。"

壹不明白她在说什么，没有办法安慰她，只好把她搂紧，闻着她头发的味道。是花朵一般的味道。

零把头在壹胸前埋得更深了。

壹不愿意承认，却也不可否认的是，零就是壹。应该说，零是壹最不愿意面对的自己。

软弱胆小，没有朋友，不被别人看见。

壹其实是"零个人"。而零呢，虽然在这个时候才莫名其妙出现在她的世界中，不知来源，但是——她可以当之无愧地称自己为壹了。一个会让别人依靠的人。

没错，零成功了啊，那我为什么不能也做一个这样的人呢。

壹鼓起勇气，吻了零的头发。

壹的泪水混合着刺目的金光，她几乎什么也看不见。她下意识地把零抱得更紧了。

零轻笑起来。

"真好。"

然后，一切都像两人见面时那样突然。

顷刻之间，壹的怀中空无一物。

她失去平衡，摇晃一下，差一点摔倒。

壹不明白发生了什么。这不可能啊！零明明刚才还在！她，零，突然就——

壹怔怔地望着零消失的地方。她突然发疯似的奔跑，在来路上的每一个地方寻找，不放过一点蛛丝马迹。朝阳升起的山坡，水草丛生的小河，碎石密布的沥青路面，在她身后，太阳如同追赶着她一般，缓缓升起。

她拼尽全力跑回那片荒地。

"你别躲啦！"

等等，壹想到了一个主意。此刻是六七点钟吧，也就是说，快到上学的时候了。她拼命跑向学校。

零，等我！我带着大家来找你！

壹在高楼林立和泥土小路的交接地带奔跑。她越过一个水坑，绕开一辆停着的自行车，借助一辆车的掩护，闯过一个十字路口……

她跑到濒临虚脱，汗水把头发粘住，一缕又一缕。

终于，学校出现在壹的面前。

她不顾一切地推开校门口的升降杆，冲进学校，冲进班级，大喊着。

"有人吗？有同学不见了！谁来帮帮忙！"

一个男生闻声而来。他是提早来学校的值日生。看到壹这个样子，他很惊讶，忙不迭扶住瘫软的壹。

壹不知道零的真名字，于是她说："拿张集体照来。"

男生被这个要求弄得摸不着头脑，不过还是好心地翻找起来。他递给壹一张运动会的合照。

"你要它做什么啊？"

壹没有回答，目光急切地在照片上搜寻，那个和她长得十分相像的，长头发，有一双褐色眼睛的女孩。

终于，在班级的后面，她找到了，心猛地一颤。她指出那个女孩，问男孩："这个女生叫什么啊！"

那个男生好像被吓坏了，结结巴巴地回答："那是你呀。"

壹难以置信地再看，确实，那就是她。整张照片里，根本没有零的身影。

"这张照片里是不是有人没有被拍进去？"

"没有啊，你要找的到底是谁？"

壹愣住了。

照片仍在阳光下泛着光。

壹跌坐在地上。

也许，她真的永远消失了；或许，她消失自有她的道理。

壹筋疲力尽倒在地上，失声痛哭。

同学和老师都赶过来安慰这个从未属于他们的少女。

壹，我们一直在这里等啊。

时光飞逝，又一年的夏天到了。炎热的天气让所有人都口干舌燥，尤其是讨厌热天的壹，更是打不起精神。

"而且还有好多作业啊。"壹抱怨道。

对作业的抱怨一出，壹身边的朋友立刻开始一起声讨老师："对啊对啊，根本写不完！"

"不过壹可以让我们'借鉴'一下的，对吧？"

一个姑娘狡黠地问。

"不行,这是我的专利。"壹假装板起脸,很严肃地说。不过三秒后,她就和大家一起笑起来。

"壹真好。如果我们能早点和壹成为朋友就好了。之前总以为你很讨厌我们大家呢。"那个当初递给她照片的男生说道。

"欸,是这样吗?"壹很惊愕,"我还怕你们讨厌我呢。"

大家都笑起来。

一排平行的背影伴随着白日消失了,但欢快的话语仍回荡在黄昏之中。

原来,读作"一"的生活,可以被写作"零一"啊。

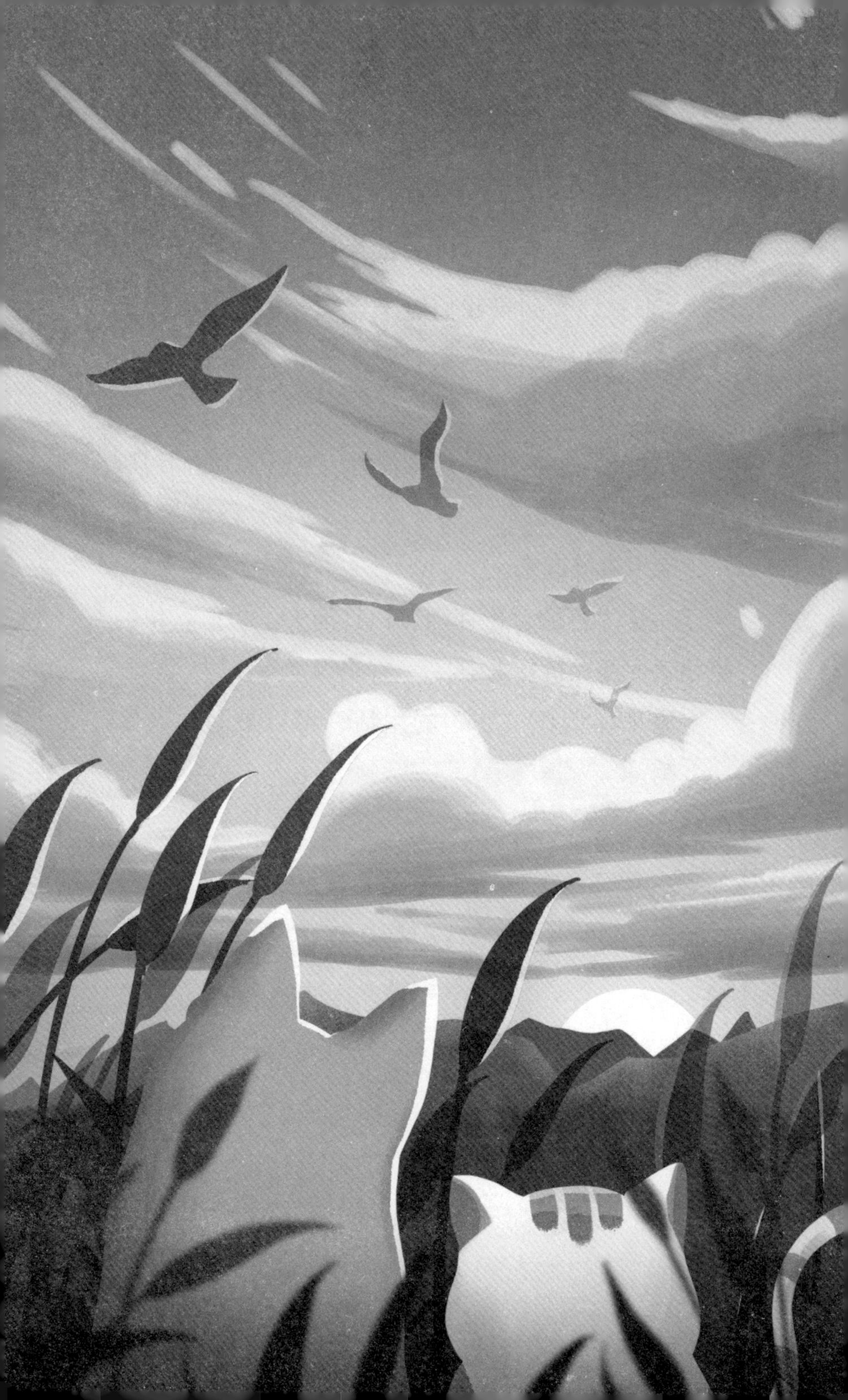

Part.2 猫朋狗友

每只动物都要旅行。

到了一定的年龄，年少的动物就要走向外面的世界，开始一场长途旅行。

旅行没有统一的计划，每只动物都会摸索着走出只属于自己的道路。有的动物喜欢欣赏路上的风景，有的动物喜欢品尝路上的野果；有的动物慢悠悠地走，有的动物急匆匆地跑；有的动物飞在空中，有的动物潜在水底。

我这种动物，名叫"柯基"。

一身浅黄色的蓬松短毛，胖胖的身子，粗毛掸子似的尾巴，一点小舌头，我就是这些东西的集合。

我爸说，按照特征可以把动物分成不同的品种。不同品种的动物有各自的喜好、性格以及弱点。不少动物都尽力避免暴露自己的品种。我妈说，要学会分辨其他动物的品种，不然以后遇到不认识的动物会有危险。

我响亮地吠叫两声，表示，我会保护好自己，长成健壮勇猛的大狗的。

我和爸妈道别，彼此祝福平安。

然后，我出发了。

我的名字叫灯。

灯是一种能照亮自己和前路的小东西。

我们生活的地方被分为不同区域。有些地方，比如沙漠区，属于欠发达区域。那地方人口多，却没什么吃的，居民脾气暴躁得很。而相对的，也有发达区域，比如森林区。那地方特别繁华，在那里可以见到形形色色的动物。

我家在田野区，比森林区落后些，但比沙漠区强。作为旅行的第一站，我打算去森林区见识一下。

当然只是去森林的边缘，森林中心特别危险，有各种可怕的动物，去那里可不是闹着玩的。

我家离森林有一定距离。我在路上走走玩玩，一会儿登高看看落日，一会儿追逐自己的尾巴，就这么随意地游荡着。

接近森林时，猎物越来越少了。这可有点麻烦，因为我现在很饿。但我还是觉得赶路要紧，到森林里再找吃的也不迟。于是我头晕眼花地继续前行。

看到前方高耸的树木时，我才决定歇一歇脚，谁知道一躺下，就累得睡着了。

醒过来的时候，我发现不远处有一只猫咪，她在慢慢地吃一条鱼。

我馋得口水直流，可是我知道，这猫应该也是来自田野的，搞到条鱼不容易，肯定不会分给陌生狗的。

然而她看到我在一旁馋得要命，就叼住鱼尾，把鱼拽到我面前，慷慨地邀请我一起吃。我有点受宠若惊，但是我真的快饿出毛病来了，所以也没多想，开始大快朵颐。

我边吃边偷偷打量她。她有一身很干净的灰黑色绒毛，身材看上去很适中，不算胖也不算瘦。她的脸圆滚滚的，咀嚼鱼肉的时候，腮帮子也跟着一鼓一鼓，胡须微微颤动。

她告诉我，她的名字叫"雨"。

后来，有其他的猫咪来了，她也同样让出位置，让大家一起吃那条鱼。我注意到她自己吃得最少。当我问起时,她说是因为自己吃饱了。我说你的肚子明明还是瘪的,她看瞒不住我,又推说自己要减肥。

其他猫咪只是开开心心地享用了美餐。雨没有提起自己饿着肚皮的事,只是晃动着尾巴尖,笑眯眯的。

我问了一下,她确实是田野区的,和我一样,到森林也是为了长见识。

于是我俩开始同行。

中午的阳光暖洋洋的,雨有点倦意,打了个长长的哈欠,露出小虎牙。

我怕她会为了赶路而放弃休息,所以我也假装犯困,歪歪斜斜地倒在一棵大树的树根上,夸张地吐出舌头。

雨走到我身边歪着头,用胡须戳弄我的鼻子,想揭穿我善意的谎言。

但她太累了,所以脚步一晃,身子落在我身边,轻轻地睡着了。她不时在梦中发出轻柔的呼噜声。

阳光透过树冠,在我俩的身子上留下摇曳着的斑点。

不久后,我们再次上路。

一天，雨在跳来跳去时，不小心刮伤了尾巴。

那天之后的几个星期，我再没看她甩动过尾巴。她只是把尾巴拖在身后。在受伤之前，她的尾巴总是灵动地摆来摆去的。

伤处比较贴近尾巴根部，她够不到。我问她要不要帮她处理一下，她说不需要。可是伤口的痊愈速度很慢。于是有一天，我走在她身后的时候，趁她不注意，用舌头舔了一下她的伤处。

她一下跳了起来，对着我的额头就是一掌（没有伸爪）。啪的一声，小肉垫把我的头按了下去。

她看我没有还手，愣了一下，然后别过脸颊。

接着她又转了回来，舔了我的额头，把我头上脏的地方擦干净。

这个过程中我一直老实巴交地伸着长舌头。

她的伤渐渐好转了。也幸亏没伤到骨头。

森林外没我们想象的那么恐怖，那其实是个安静优美的地方。我们顺着小溪走，渴了就喝点溪水，饿了雨还可以抓鱼。

不过森林还是向我们展示了它的威严。

一次，我们正在喝水的时候，雨抬起头来，忽然僵在了原地。

小溪的上游，另外一只庞大的动物也在饮水。

那头动物长得有点像雨，但比她更矫健更结实，身长是她的六七倍。我看到之后吓了个半死。

那头动物没有在意我们，只是凌空一跃，隐没在了森林深处。

雨先从震撼中回过神来。那是豹子，她说，豹子是猫类中的佼佼者。

原来森林可以把猫咪变成豹子。

雨总是很了解别的动物品种，半吊子的我非常崇拜她的本事。她帮我辨认各种各样的动物。有一次，我看到一只长长的走"S"形的动物，自信满满地把他认成一匹"马"，刚想上去打招呼，雨立刻顶住我的腰把我推了回来。她小声说，你个笨蛋，那不是马是蛇，脾气很烂，搞不好还有毒。

她的尾巴痊愈的时候，森林边缘也探索得差不多了，于是我们决定深入一些。

这里全是参天大树，太阳变得十分吝啬，林子里始终有点阴暗。虽然雨晚上也能看到东西，不会遇到什么危险，但是我们俩看不到远处的地形，这可能会让我们绕许多不必要的远路。

这几天，雨总是坐在地上不动，抬头呆呆地看着什么。我刚开始没怎么在意，可是她静止的时间越来越长，让我有点担心她生病了。

我这么问她，她只是低着头晃，抬起屁股站起来，从我旁边若无其事地走过去。但她经过我的时候，我注意到她的尾巴摆动幅度很大，尾巴尖从左边划到右边，又从右边划到左边。这说明她对某些东西很感兴趣。

来到一条小溪旁，我口干舌燥，走上前去大口喝着清凉的水。雨却又淡然坐定，凝望着什么东西。我偷偷凑上前去，顺着她的视线眺望，看了半天，终于发现不远处的树杈上栖息着一只小鸟。他拖着利落的直尾，翅膀上有显眼的黑白蓝条纹，头上一顶羽冠，英气十足。

我想唤他过来，轻轻地吠了一声。那只鸟一惊，本能地蹬踢树枝扑扇翅膀，准备起飞逃走，见我和雨都没什么恶意，才掉转方向，友好地落在我们面前。我高兴地和他寒暄，得知了他的名字：星。

他振翅飞走后，雨告诉我，他是一只松鸦。

一天清晨，我被星的叫声吵醒，睡眼惺忪地看着他。他激昂地迎着初升的太阳飞去。他飞得很快，几分钟就脱离了我和雨的视线。

傍晚时，他又出现在了我们的视野里。他落下地来，给我们描述前路的样子。他说，前面有高山，有大海，有雪原，有沙漠，有细细的雨丝从寂寥的星空里穿梭而过。

也许他的故事有点添油加醋，但还是勾起了我和雨的兴趣。尤其是雨，看得出来，星描绘的前路使她沉醉，她宁愿少打瞌睡也要坚持赶路。要知道她是睡神猫咪啊。

我们跟星聊天。星说自己学会飞行不久，所以还需要练习。

星的翅膀越来越硬朗，可以飞得更远。他经常炫耀地给我们展示在气流中飞行的技巧，每当他极速翻飞时，他头上的冠子就会被风吹动，一扇一扇的。

他的进步特别明显，后来他甚至练成了一项绝技：高高地垂直升空，然后收拢翅膀自由落体，只靠微调来避开障碍物。要知道这是错综复杂的森林啊！我和雨每次都被惊得目瞪口呆。

但他探索的范围也越来越大。时间长的时候，他甚至会离开我们四五天。星变得越来越无趣，也许是每天长距离的飞行逐渐把他累坏了。他不再绘声绘色地给我们讲那条前路，只是简单地告诉我们前方是否安全，然后就朝远方飞去。这远方究竟有多远呢？反正每一天，都比前一天更远。

大约走了一个月，白天越来越亮，这说明我们重新靠近了森林外侧。正好我们也打算离开。如果没有能力，就算在森林里，也只能抓最小的猎物，因此我们打算去比较容易生存的地方锻炼。

星还在外面探索，我们打算等他找回我们这里，问他要不要一起离开森林。

但我和雨刚安顿好，天空中忽然乌云密布，森林里变得更加阴暗了。大风吹动着高处的树枝，发出嘎吱嘎吱的巨响。森林不知道出了什么问题，发出各种各样难听的声音，搞得我和雨心烦意乱。

大雨突然就下了起来，水滴顺着叶片连成线流淌而下。森林里的雨就是这样急。我和雨急忙躲到一个小石洞下避雨，她坐在靠近外侧的地方，望着阴云密布的天空。

忽然一道巨大的霹雳在她身前闪过，又过了几秒钟，迟来的雷声慵懒地在我们的庇护所旁炸响。闪电把地上的枯木点着了，风雨中的火焰摇摇晃晃，艰难地燃烧着。

我们沉默地坐着，谁也不出声。过了一会儿，雨更大了，水滴开始从石洞壁上淌下来。

雨忽然问我：星还能回来吗？

我说，肯定能。

她说，嗯。你在洞里等，我要出去。水幕这么大，在洞穴里的话，他找不到我们。

　　我要她回来躲雨，但她不肯，于是我也坚定地和她坐在雨里。

　　那是我们看过最凄美的一场雨。我永远忘不了那种感觉：坐在雨里，眼看着自己心底的希望一点点地破灭。

　　星对我们描述的细雨划过星空的画面，我们终是没能看到。现实是，我们在风雨大作的森林里，盯着那一簇在风中摇曳的火苗，仿佛注视着一盏明灯，那明灯照亮了斜斜的雨滴。

　　我喜欢星，他英俊、开朗而友善。但他有着森林鸟类的缺陷：他飞得太高，找不到地面了。

　　不知他和他的梦想究竟到了何处。也许他是不愿回来，也许他是迷了路，也许他还在继续向前，或者他早已葬身在暴雨之中。

　　雨停后，我们继续旅行。

　　本来我和雨商量好，在森林里待几天就回到田野区。然而，大雨过后，地表的所有特征都被冲刷干净了，森林完全换了副样子。我们没法找到来路。我们只能凭着本能，尽量寻找回家的方向。

可是，我们还是走偏了。当我们走出森林时，映入眼帘的不是田野，而是一大片沼泽。

一向镇定的雨也有点沉不住气了。

森林的繁华自有其对立面，雨说，许多森林周边都有沼泽，沼泽被称为森林的"红灯区"。这是因为，沼泽里有许多鳄鱼，一到夜里，他们的眼睛就会发出红光。

我不太明白鱼有什么可怕的，但我还是假装听懂了她的话。我们加紧赶路，准备快速离开红灯区。

沼泽真是个污秽的地方，连空气都黏滞而肮脏。我们在露出水面的小块草丘之间来回跳跃，但过了一会儿，我们两个就都有点眩晕。突然，我的余光瞥到了什么东西。我示意雨停下来，屏息观察着。

一开始，万籁俱寂。后来，一串响亮的大叫响起来了。

吾之皮汁甚有毒，犬啮之，口皆肿！

这声音仿佛就在我的耳边。我惊得后退几步，才发现在我身下有一只石头状的丑陋动物。他皮肤不怎么好，湿漉漉的，有许多疙瘩，头上还长着两只小角。

雨走上前来，替我解围。我们只是迷路了，他没想吃您。请问您是？

他又扯开嗓子说了一大通：吾名禅，来自角蛙家族，土之精也。上应月魄而性灵异，穴土食虫，又伏山精，制蜈蚣……

趁他自我陶醉的工夫，雨小声跟我说，我也不了解他，不过看起来似乎没什么危险，我们可以让他带路。

这家伙答应得倒爽快。他只提出一个要求，让我们听他喋喋不休的讲演。我们答应了。

这家伙绝对称不上一个好导游，他确实知道方向，但他作为这个地区的常住民，举步也太不小心了。他时不时就要跳歪，手忙脚乱地滑落泥潭，还要我和雨一齐把他捞上来。

我不禁怀疑，这家伙是怎么活下来的？也许是因为他的自信吧，我高兴地想，我也一样自信。

雨对我的这份感悟嗤之以鼻。别傻了，她认真地说，能在沼泽里活下来的动物都不容小觑，这家伙肯定有什么手段，才不是靠什么"自信"呢。

于是，剩下来的路程里，禅一直在给我们讲他的道理。大意就是，要保持良好的心态，开朗乐观地面对生活。

我听得很认真，雨则不置可否，忙着给自己梳毛。

后来我见到了一条鳄鱼。或者说,我看到了他的一部分。他混在一群枯木中间,穿着破烂的棕灰色甲胄,只露出两只眼睛。刚开始我们三个都没注意到他,直到雨闻到一股血腥味从上游飘过来,我们才发现这位猛士。我感觉他有些神似之前的那头豹子,都面无表情、暗藏杀机。

沼泽比森林里亮堂不少,但我从中感到了更大的恐怖。森林的恐怖存在于未来,而沼泽的恐怖存在于脚下。覆盖着莲叶的水面看上去与陆地无异,可一旦失足就将迎来可怕的沦陷。鳄鱼什么的,终究只是动物,终有其他动物可以打败他们,如果在这红灯区迷失了方向,才称得上万劫不复。沼泽本身就是一只巨眼,凝视着我们,从进入,到逃脱,或死亡。

幸好我和雨能分辨陆地与水面。

不久,沼泽就到了尽头。禅说,前方就是大海了,他要留在沼泽中。不过,他希望分别之前能最后给我们做一次关于理想的演讲。

吾……

然而,他刚讲了一个字,他身后的漆黑水面忽然爆发了。一条纤细的长影扑将出来,溅出不少脏水,一下子就把他勒得严严实实。禅摇晃一下,跌入水中，二者缠斗几回合，就双双沉入水下，不见踪影，只留下一串泡沫。

我看呆了。雨倒是冷静地自语，在沼泽这种地方，就不该奢谈什么理想。

我还是望着那片黑漆漆的水域。

忽然，一个大白肚皮浮了上来，接着翻了个身，正是禅。他有些慵懒地把自己从浑水里拔出来。

看到了吧！这就是他的厉害。我骄傲地说，朝着禅吠叫起来。

禅抬起他那张大嘴，让我毛骨悚然的是，那条小蛇被他含在嘴里，已经断成了几截。他若无其事地嚼着那条小蛇。

我有些犹豫着问雨：他，嗯，他还是活了下来，这足以证明乐观是有用的吧。

雨说：什么啊，他那份乐观早晚会让他吃亏，倒是那张大嘴有用得多。

禅似乎要转头游开，听闻此言又转过身，对雨说：小姑娘，你比他强些。

然后他就扎进水里，消失了。

我有些回不过神来。

雨打量我几眼，说：走吧，他说的都是疯话。

我们必须快点回家。本来，我们只为森林之行做了准备，如果像这样继续延长旅途，我们的能力和阅历会越来越不够用的。

到海边了。

看到白色波浪的第一眼，我就欢快地扑进了浪花之中。我有点体力不支，一下子没浮起来，呛了一口水。

我远远地看着雨。雨舔了一口海水，露出惊异的表情。忽然一个大浪打在她身上，她吓得一蹦三尺高。我幸灾乐祸地摇起尾巴，不想那个浪头的后半截在我身后高耸起来，一下子把我打翻在地，透心凉。

我俩决定沿着海边走。

沙子被晒得发烫，我泡在水里，在刚刚能让我浮起来的深度游着。雨则走在沙滩上，她说是不想把自己弄湿——但我看她分明就是怕水。

不过，我上岸休息时，才发觉雨的英明。海水蒸发后盐分板结在身上，我的绒毛全都粘连在一起，难受得要命。我脸上的毛毛粘成一道一道的粗条，耷拉着，整张脸看上去就是一张愁眉苦脸的鬼脸。

雨看我一眼，露出可爱的笑。

沙滩不是一个单独的区，而是海洋区和陆地区的分界线，动物不多。只有一些迷了路的小蟹，我们想帮帮他们，可是这些孩子根本不好好听我们说话，一看见我和雨就狂奔起来。我们也不知道他们是要到海里还是要去岸上——这些痞里痞气的家伙横着走路。

　　这个季节，无数的鸟儿在迁徙，经常有鸟群的影子掠过地面。田野上，地面杂草丛生，起伏不平，就算有影子也看不清楚。沙滩一片洁白，阳光亮得刺眼，影子变得尤为明显。

　　这些鸟都是青年，比我和雨稍微大一点，显出英姿勃发之态。他们中的一些甚至能飞行几万公里！这些飞行家真是生存的好手。

　　我非常向往天空上的生活。如果我能长出一双翅膀，当那些食肉动物造访的时候，我就可以振翅起飞，脱离危险。我觉得这些家伙真是幸运，他们赢在了旅行的起点。

　　海岸线向远处延伸，我的兴奋劲一点点淡化。超过我和雨的鸟儿一群一群，我也逐渐怀疑这场旅行是否有意义——不管怎么磨炼自己，我嘴里还是吐不出象牙，背后也张不开翅膀。我将永远对天生的强者望尘莫及。

身边的森林逐渐变得稀疏，向着草原过渡。等到了草原，就离田野不远了。

就在我们准备进入草原的前一天，一群同行的鸟来到我们身边。突然，一个影子以迅雷不及掩耳之势撞进了这个鸟群，只听几声惨叫，一只鸟儿被那个黑影攫住，很快就没了声息。

这一切对我们来说都是那么遥远，只在一片阴影中发生。我使劲闭了闭眼睛，冒着被太阳直射眼睛的危险看看天空。

捕食过后，天空依旧平静，阳光依旧耀眼。然而，平静是暂时的。当我再次、三次、无数次听到来自空中的搏杀声后，我才明白，天空不是个世外桃源，只是旅行的另一种走法。天空的旅客并非生而自由，它们一样要冒险，一样要挣扎。

看来，我先前的消极想法幼稚且毫无意义。

我想驻足观望，可是我也想回家。一想到田野，那个平凡得可爱的地方，我就有些说不清的感觉。虽然我出发前甚至想过一去不返，可是一波三折至此，我却抑制不住地觉得：旅行过半了，现在该返回啦。

到了草原。这里的气味和田野区很像。这说

明，我们的大方向是对的。

稀疏的蒿草随风摇曳、摩擦，发出响亮的沙沙声。我被这种声音弄得很烦躁，也为此提高了警惕。

我在蒿草晃动的声音中辨识出另外一种窸窸窣窣的声音。这个声音的音调更高一些，听起来颇具攻击性。我和雨放慢脚步，提防着可能出现的危险。

可是，什么也看不见。四周都是灰黄色的蒿草，看不到什么别的东西。

忽然，我斜前方的一处草丛中，飞射出一道暗影。那东西的身上布满钻石状的鳞片，反射着太阳光。是蛇，而且是一条挺大的蛇！我压低前肢，龇出獠牙，狂吠一声，准备与他决一死战。

那条大蛇落了下来，张开血盆大口，露出两颗尖利的毒牙。我觉得他会笔直地弹射过来，因此做好了躲开的准备，身体肌肉绷得笔直。

可是，他只是待在原地，嘴巴咧得大大的。我心中泛起嘀咕，蛇不是都喜欢偷袭吗？为什么这条蛇暴露自己之后不立刻发起进攻呢？

又观望了一会儿，我猛然发现——他不会是在笑吧？

我试探着收起攻击的架势，对他摇了摇尾巴。结果，他的嘴咧得更大了，嘴角弯到了脑袋后面。

老天，他还真是在笑。

这个笑容让我浑身不舒服。我原地不动，问道：你要干什么？

那条蛇吐着芯子，说：啥也不干啊。俺能不能跟着你们？

不能。雨上前一步，站到我旁边。

哎呀，大家都是哥们儿姐们儿，有啥不能答应的？那条蛇扭动着肥硕的身躯，谄媚地说。

见我和雨都不吭声，他把尾巴尖一亮，我这才发现那个奇怪响声的来源。他的尾巴上有一个小玩意儿，那个东西摆动着，发出沙沙的声音。他带着一副浮夸的表情，卖弄那个像串珠一样的难看玩意儿。

雨说：小心点，他是条响尾蛇。

我和雨不理睬这个小丑，打算自顾自地走开，谁知那条蛇竟恬不知耻地跟了上来。我和雨想了很多办法，可是怎么也甩不掉他，我们只好带上了这个恼人的随行者。我不想去问他的名字，为了便于称呼，我私下里叫他"佘"。

出于安全考虑，我和雨长了个心眼，时刻留意他的行动。

同行间，我见识了佘的恼人之处。

每次我们捕到猎物，佘都在旁边蠢蠢欲动，试图夺走猎物。我和雨从没让他得逞，但他仍然不放弃，锲而不舍地争做乞丐。

佘一直在跟我们套近乎，而我呢，出于礼貌，一直跟这条蛇对话。

俺从小到大，就没捕过猎！佘自豪地说。

不捕猎，那你是怎么活下来的？我诧异地问道。

哎呀，四海之内皆兄弟，只要认几个哥们儿，就不愁吃！他摇晃着方形的蛇头。

我恍然大悟。原来，他就是靠着这种"乞讨"活到了现在。佘的饮食习惯很奇怪，他每次吃饭都要吃超级大餐，这之后，他便可以很长时间不进食。也就是说，就算乞讨成功率不高也没事。

真是奇怪，我看他的神态，应该和我们年龄差不多，正值血气方刚之际。可是，他不光不为自己的不劳而获感到羞耻，甚至还视其为智慧。

这家伙和其他蛇真的很不一样。以前，我也远远近近地碰到过不少蛇。他们生命力顽强，生存在各种极端环境里，而且心狠手辣，捕食讲究个稳准狠。如果身负重伤，他们也不喊痛，只是慢慢恢复，等待东山再起。简而言之，我认为蛇是有尊严的动物。我憎恨他们，惧怕他们，但也敬畏他们。

而佘这个家伙……唉!

今天,我瞄准一只兔子,和雨围追堵截,终于逮到了它。

然而,当我和雨准备美餐一顿时,佘竟猛地扑了出来,一口就将那只兔子叼了去。

我本来就被这个家伙缠得恼火,此刻更是气得七窍生烟。我也不知道哪来的冲动,一跃而起扑到佘的背上,狠狠地咬了他一口。我的犬牙沾到了咸津津的血。

这只是一个警告,但已经足矣。这家伙吓得连翻带滚,钻进草丛里,消失了。

兔子整只被佘抢走了。我快气死了,不光是生佘的气,也有点生自己的气:明明给他一口就能把他吓跑,我却秉持着所谓的礼貌,和这个家伙磨蹭了好几天,结果还被抢了猎物。也许这种"礼貌"就是我年轻的标志吧。

后来,我和雨偶然谈起佘。我咬牙切齿地说:"我宁愿与一条霸道的巨蟒为敌,也不愿意再和这样的烂蛇打交道。"

雨歪着脑袋说:"可是我觉得佘比一般的蛇好很多。"

"你怎么会这么觉得?!"我惊讶极了。

雨说:"因为他不会伤害我们啊。"

我不知道这是雨的真心话,还是她被温柔本性驱动的第一反应。但是,我已经不在意那些了,因为我惊喜地发现,周围的草渐渐消失,变成了泥土。

我们回到田野了。

深夜时,我们正式抵达田野。我们击爪相庆,然后兴奋地朝各自的家跑去。

然而,我走着走着,突然觉得不太对劲。我小的时候,特别喜欢在地上蹦来蹦去,落地时会发出很大的动静,甚至会吵得邻居不高兴。可是此时,我的脚落在地上,却没有声音。

我停下来观察了半天,发现我的脚比以前柔软了。脚掌下方的毛毛变厚了,这使我不论怎么蹦跳都不会闹出太大动静。

我有些疑惑,但还是先回了家。

我妈是猫,睡眠比较轻,听到了我的声音,惊喜地跑过来端详我,接着响亮地大喊一声:"我儿子长大了,也长帅了!"

"妈,小点声,邻居都睡了。"我不好意思地坐下来。

我给我妈粗略地说了自己的经历,然后亮出自己的脚爪，问道："妈，你知不知道这是怎么回事？"

"傻孩子，你以为我们旅行是为了什么？"我妈反问道。

"因为其他动物都要旅行啊。"我说。

"怎么随大流了，这可不像你。"妈拍拍我的脸，"我们旅行，是为了进化。"

所谓进化，就是一只狗从单纯到丰富，从弱小到强大。

所有动物都需要进化。进化者昌，停滞者亡。

只有进化，我们才能适应各种各样的环境，拥有掌控生活的能力。

我默念这个陌生的词，进化。

听起来，像是件很有意义的事情。

我对这个词还一知半解，但我知道，我从雨那里学了潜行的本事，见过了星那样的理想家；我穿过了泥泞的沼泽，见过了高远的天空……我突然想对世界呐喊。等着我吧，那些未被涉足的地方。

当然，我不能真的"大叫"。天还没亮，邻居们都在睡觉呢。

于是，我盘起尾巴，舒舒服服地睡着了。

每只动物都要旅行。

到了一定的年龄，年轻的动物就要走向外面的世界，开始一场长途旅行。

旅行没有统一的计划，每只动物都会摸索着走出只属于自己的道路。有的动物喜欢欣赏路上的风景，有的动物喜欢品尝路上的野果；有的动物慢悠悠地走，有的动物急匆匆地跑；有的动物飞在空中，有的动物潜在水底。

而我呢，虽然是只狗，却喜欢和一只猫走在一起，她的名字叫雨。

我们俩已经为第二次旅行做好了准备。

这次旅行，我们将会走得更远，见天地，见众生，见自我。

在出发前，我和爸妈道别，彼此祝福平安。

然后，我和雨出发了。

此程终点，定有新途。

我的名字叫灯。

我是一种能照亮自己和前路的小东西。

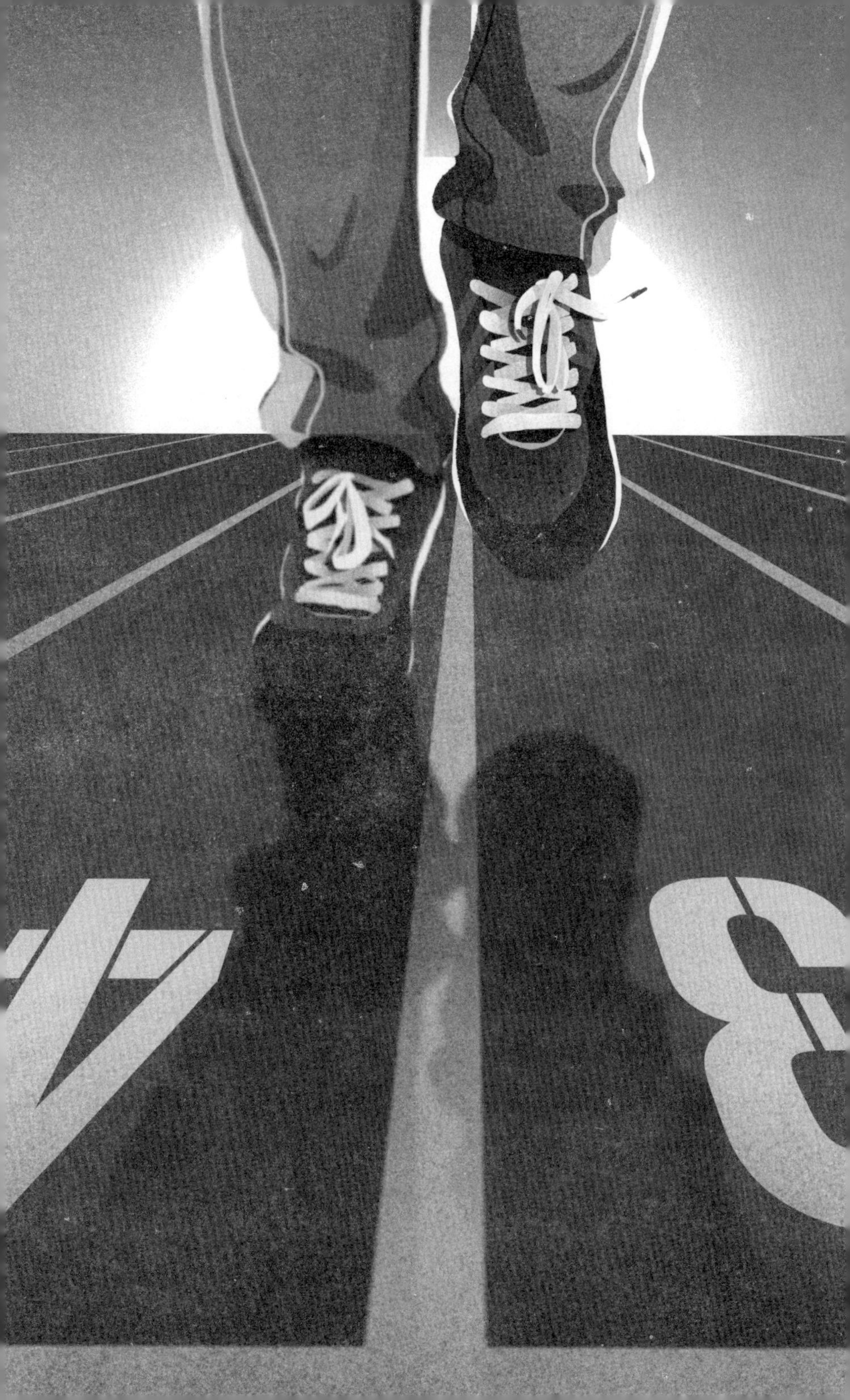

Part.3 故事

今天，邓芝带了一个首饰盒来学校。

一个大男生戴什么首饰？大家出于好奇，在他身边围成一个圈，伸着头，想看看里面装的是什么。

邓芝看到杨闵费力地在人群中挤来挤去，便大方地将盒子递给她："你来看吧！"

杨闵哪知道里面装的是何方妖孽，受宠若惊地推开盒子，没怎么看清，以为是个造型奇特的发夹，想都没想就捏起那家伙的一只翅膀，想仔细欣赏一下，那家伙却突然在她手中猛烈地挣扎起来！原来那是一只巨大的、暗红色的、毛茸茸的蝴蝶！杨闵吓得魂飞魄散，发出一声穿破云霄的尖叫，一甩手，把那个可怕的家伙扔得能多远有多远！

蝴蝶被扔出两三米，飘飘悠悠地落在窗台上，邓芝急忙跑过去抓它。他就喜欢玩各种虫子,也不知道他将来是不是要专攻这方面的学问。反正,他这癖好算是惹出乱子来了——蝴蝶四处乱飞,所到之处,同学们边叫边逃,撞歪了一大堆桌椅板凳,整个教室乱成一片。这会儿,它扑腾到了男生张灯的脚边。张灯向来怕虫,吓得大惊失色:"走开,你个怪物!"

"怎么能叫它怪物呢,它多可爱啊。"邓芝还为他那宠物辩护!真是无药可救。手忙脚乱了半天,邓芝才把它收入盒中。

下午,令人意想不到的消息传来。那只蝴蝶受了严重惊吓,去世了。这下,事情的性质就变了,大家都心有余悸地为那可怕的死者哀悼,杨闵也感到有些对不起邓芝,毕竟"蝶"命关天,但是邓芝一点怪罪她的意思也没有。

"没事儿,也怪我哈,应该跟你说一声!女生……"邓芝不好意思地道歉。

"女生怎么了?"杨闵的同桌金纹在一旁不满地嚷道。她和邓芝是小学同学,头发颜色有点浅,像可乐的颜色,皮肤白皙,双眼炯炯有神,身材苗条,生得开朗可爱,穿着白色的校服,跑起来像一道迅捷的光线。

邓芝假装思索一番，突然从衣袋里掏出一只大蜘蛛，扔向金纹！金纹大惊失色，一溜烟逃跑了。

"干得漂亮，德尔塔！"邓芝一脸得意，一语双关道，"没别的意思，只是说：女生都不喜欢我的宠物。"

"有完没完了，开这种玩笑！"张灯又开始被那蜘蛛追得抱头鼠窜了。邓芝看他跌入了这个文字陷阱，大笑起来。

这就是初一（2）班的日常。刚上初一，学习压力还不是很大，同学们打打闹闹，好不欢乐。

不过，即使这么可笑，杨闵却没有笑，只是抽了下嘴角。

这初一（2）班仿佛一个舞台，展现着无数鲜明的个性。就拿杨闵说，大家对她的第一印象，就是害羞。

说杨闵爱害羞，那是毫无疑问的。只要人一多，这个姑娘就紧张得说不出话。记得刚分班时，她来得晚了些，慌慌张张跑进教室，结果一看座位上黑压压三十几个同学，竟当场僵在原地，一句话也说不出来，着实把大伙乐得不轻！

邓芝看杨闵这拘谨的样儿，若有所思地抬高一边的肩膀，夸张地"咝"了一声，似乎在说：这样可不行啊……

大家都对杨闵很好奇，但也担心她这害羞的性子会对她有害，因而下课时由金纹连哄带骗地把她推出班级，其余同学暗中集会，制订了一系列计划，决定一点点地"治疗"她的害羞病。

那天稍晚些时候，班级突然召开报名会，原来是要为排球队补充点新鲜血液。

"我们就是一剂强心针，驱动排球队再创辉煌！"邓芝在讲台上挥舞着拳头。

金纹火速举起了手，因为动作太快，整个人都往前冲了点，高举的手掌笔直地刺向天空。

"你可小心点，别把桌子掀翻！"邓芝翻了个白眼，往下压压手掌，金纹不服气地"切"了一声。"金纹，还有谁想要报名？"

杨闵正在和其他同学一起为金纹鼓掌，不料，金纹一把拉住她的手，高高伸向空中！杨闵吓了一跳，还没来得及反抗，邓芝就心领神会地对金纹点点头，唰唰几笔把杨闵的名字写了上去。看来这是个策划好的"阴谋"！

开完会，杨闵有些惶惑地问金纹："你怎么觉得我能打排球？"

"我没看出来啊。"金纹捏了下杨闵的脸，"只是，多试试和大家在一起吧，不要再那么害羞啦，有朋友是件很开心的事啊。就从加入排球队开始，怎么样？"

"金纹说得对。"邓芝破天荒地没有和金纹抬杠，认真地说。

"朋友"这个词让杨闵心里暖融融的，也有些受宠若惊，连连点头。金纹和邓芝高兴地击了个掌。

这样，杨闵就稀里糊涂地成了排球队的一员。

第一次训练，杨闵看到队里的初二学长，又犯了老毛病，双腿一软，眼看就要跪地上了，邓芝急忙把她扶起来。金纹那边呢，则是对满脸狐疑的队长解释："那个女孩，她只是害羞而已，不是休克——她过了体检的！"

幸好，杨闵渐渐适应了团队生活。她底子不错，身体素质挺好，进步神速，因而渐渐开始享受打排球。双手相握时的温暖，击打球面时手腕的刺痛，都给她一种实实在在的幸福感。而且，她惊喜地发现，当讨论排球时，她的害羞会消减不少，与同学的隔阂也在一点点消融。

有一次她参加完排球训练，累得浑身乏力，趴在桌子上。邓芝的桌子就在她前面。

邓芝是个零食控，也是全班同学的零食补给

站。那个挂在课桌旁边的小包里有大把大把的零食，如果有同学犯了馋劲儿，只要和邓芝说一声，他就会大方地拿出来给大家吃。

杨闵是个爱吃零食的女生，不可能不对那些小吃感兴趣。她突然瞥见邓芝的零食口袋里露出半盒饼干，有点犯嘴馋，就鬼使神差地消灭了半盒饼干。

等到擦干净嘴角的饼干屑，她才反应过来自己闯了大祸。邓芝的零食口袋相当于无国界的公共补给站，相当于一个"非政府（食堂）组织"，如果偷吃一定会激怒他的！再说，莫名其妙吃男生的东西，仿佛也有点不对劲。

金纹也是排球队成员，比大部队早回来。她一进教室，杨闵就跟她说："我不小心把邓芝的零食偷吃了，待会儿你帮我打打掩护啊！"

金纹眨眨眼睛："还有'不小心偷吃'这一说？"

杨闵自知理亏，伏倒在桌面上，把眼睛揉红，装出一副病恹恹的无辜样子，一声不吭坐等邓芝回来。

过了三秒钟，邓芝出现在后面，扯住她的耳朵，怒吼道："你把我的饼干吃了？那是我最后一盒呀！"

金纹果然把她给出卖了！杨闵的脸唰地红了：

"对不起！我去给你买一袋，这样行不行？"

听到这句话，邓芝撇撇嘴："这还差不多。"

接着他说了一大串零食的名字，有一些杨闵听都没听过。"等一下，我去记下来！"

邓芝看着手忙脚乱的杨闵，忽然扑哧一声笑了出来。他站起来拍拍杨闵的肩："开玩笑啦。不用你买给我。只是，以后少吃一点，或者提前吩咐我去买，如果零食断货了，其他同学就吃不上了。"

杨闵有点不知所措，但还是笨拙地笑起来。

邓芝也咧咧嘴："我给你推荐几样好吃的！来……"

经过这件事，杨闵得出两个结论：第一，邓芝是个不斤斤计较的"傻"男生；第二，金纹这家伙，可真不仗义，得防着点她！

总之，加入排球队杨闵开朗多了，金纹和邓芝暗暗为自己的成功而得意。每个孩子都是友善的孩子，团队合作更是把他们拉近了。

不过，令金纹愤愤不平的是，这事明明记她一份头功，可邓芝每每论证杨闵的端庄时，却总要拿她金纹做个反面教材。唉，要不是邓芝有那蜘蛛护体，金纹干脆捶他一顿老拳！

体育课是大家放松的时间。有些人喜欢跑步，例如金纹，跑步会使她真正放松下来。男生们喜欢打篮球，别看他们平时总勾肩搭背的，但在球场上打起球来，就成了"死敌"，毫不手软，一个个板着脸，仿佛彼此积怨已深。那些柔弱型的女生不擅长什么体育项目，干脆坐在草地上聊几句什么，嘻嘻哈哈的，总之，欢声笑语，一片美好景象。

这天，杨闵跑到球筐边去拿排球，可球筐里已经半空，只剩几个病恹恹的篮球躺在筐底。又被金纹抢先了一步，她只好转而寻找金纹。

等她跑到大操场，同学们早已集合，她也赶忙并入队列。

熬过了无聊的准备活动，她扭扭脚踝，准备披挂上球场。

这时，一幕奇怪的景象吸引了她：邓芝靠在升旗台的角落，抱着头。他这是干什么呢？

杨闵挪动脚步，来到他身后两米处。这时，她才发现他的肩膀在颤动。他是在哭吗？杨闵顿时有点紧张。

她焦虑地用脚尖点着地，不巧，她踢到一块小石头，那石头像长了眼一般滚到邓芝脚边，发出一声脆响。邓芝一惊，猛地回过头，看见杨闵，赶紧擦眼泪，欲盖弥彰。

杨闵尴尬极了，不知如何是好。

"你没事吧？"这句话脱口而出。

邓芝看了她一眼："没事。"

尽管不安一直萦绕着杨闵，她还是说："我希望能帮上你，希望你开心起来。"

邓芝只淡淡地说了句"我真的没事"，便擦干眼泪，挤出一个笑脸，呼叫着和他的哥们打篮球去了。杨闵吃了这个闭门羹，也不再继续问，只好回到排球队伍中。

但是，她依然心不在焉，想着邓芝，想看透他的心。他猛回过头的那一幕，总浮现在杨闵眼前。

放学时，杨闵和金纹在聊天，聊到班里的男生。金纹说："那些家伙还不如我。你看，他们一点自卫意识也没有。"

恰巧，张灯在她俩身前不远处，形单影只地走着。金纹坏笑起来："咱们去测试一下？"

"可是他会生气吧？"杨闵担忧地问。

"哎呀，都是同学，有什么可生气的！"金纹这么说，心里想道，这是个让杨闵更加敢于交际的机会。

于是，她俩一左一右悄无声息地跟在张灯身

后，突然一起冲上去，抓住他的胳膊，把他吓了一大跳。两个女孩笑得合不拢嘴。

"你们干什么！"张灯真的吓了一跳，有点恼怒，吼得声挺大。

杨闵下意识地躲到金纹身后。

张灯看着不知所措的两个女孩子，突然一转身，兀自跑掉了。

只听金纹在身后小声说着："不就是开个小玩笑嘛，反应干吗那么激烈！"旁边有其他女生路过，好像也在窃窃私语，说他小题大做。

自从杨闵看到邓芝在哭，心情一直就不太好，这下更是雪上加霜。金纹呢，表现得更明显，已经在跳脚懊悔——不但让张灯生气，还把杨闵的勇气清零了！

第二天。

雨楠早早地来到学校。她看同学们都还没到，就抓起笤帚，开始打扫教室。教室也不小，她扫到一半，直起腰来，抹了把汗，往后一靠，不小心没站稳，把一张桌子碰倒了，桌肚里的书撒了一地。

"啊，该死。"雨楠低声抱怨道。她蹲下来，要把书一本本捡起来。

这时，张灯抵达教室，一眼就看到了雨楠在他的书桌前。"你干吗?"

"我不小心把你的书弄掉了,抱歉。"雨楠解释道,没提自己在自愿扫除的事。

张灯生硬地沉默着,自己捡起那些书本,就不理雨楠了。

雨楠什么也没说。

放学了,出了校门,大家一哄而散,张灯又像往常一样,落了单。

张灯样样都好,唯独有一点:他有些开不起玩笑。这使得他和同学们或多或少有些疏远,每当体育课或是放学时,其他人或两两结伴,或三五成群,唯独他永远是孤身一人。

"我是个坏孩子吧。"他喃喃自语。

他心里明白这不好,但又不知道怎么改变自己,矛盾使他烦恼。他站在空无一人的街道上,接二连三地唉声叹气。

他停住脚步,叹气十余次,拍拍自己的脸,决定做些什么,改变这个局面。

放学后,他并没有直接回家,而是去了趟文具店,挑了个笔记本。

恰巧,雨楠也在文具店门外。他来到雨楠面前。两人有些尴尬地对视了一眼,雨楠率先扭过头。张灯咳了咳,轻轻把笔记本递给她,什么也没说,就离开了。他的心里空落落的,感觉自己傻到了极点。

这是他第一次向人道歉。

他离开后,雨楠看着那个笔记本,那上面印着她不喜欢的明星照片。

她无奈地追了上去,挡在张灯面前。

张灯试探着对上她的视线。

"笑一个吧。"雨楠说。

夏风刮得猛烈,他以为自己听错了:"啊?"

"笑一个。"

这次他听清了,局促不安地给了雨楠一个微笑。

雨楠也笑起来。

说完,她就挥挥手离开了。

雨楠来到了他身边,成了他的朋友。

这让张灯的内心忽然涌起一股说不出的感动……

又到周一。

金纹和杨闵手拉着手步入校园。

突然,金纹发现校门口的花园中央开辟了两条石头小路。两个女孩兴奋地对视一眼,弯着腰躲过树枝,进入了花园。

之前，外面有一圈大树包围，看不到里面的景象，原来花园里别有一番天地。不同种类的花一簇一簇地绽开，这里一抹红，那里一抹黄……中央还有高大的合欢树，叶子像毛茸茸的粉色小扇子似的轻轻摆动，惹得杨闵心跳不已。

突然，金纹屏住呼吸，悄声说道："杨闵！你看哪！"

杨闵心里一动，转过身，蹑手蹑脚走过去，发现金纹面前的灌木丛里趴着一只小黑猫。它正慵懒地打着瞌睡，尾巴一甩一甩的。小猫挺干净，脑袋旁围绕着两只蝴蝶。

"可以摸摸你吗？"金纹一副幸福得快要昏倒的样子。她慢慢蹲下来，轻轻把手抚上它的后背。

小猫动动眼皮，一翻身站了起来。它一点也不怕生，喵喵叫着跟两个女孩打招呼，还缠在金纹的腿上，使劲推她，蹭了她一裤子猫毛。她们又惊又喜。

到了班里，她们跟老师提起此事，老师说，这只猫是学校食堂买来——

"吃的？！"金纹惊恐万状地插嘴道。

"啊？"班主任高老师吓了一跳，"金纹你想什么呢！是养在食堂仓库里，负责抓老鼠的。这是我们的'警长'！"

杨闵爱猫爱得不得了，总去给它喂食，有天风大，她还把小猫搂在怀里，怕它冻着。

金纹也很喜爱猫，但她和杨闵不一样。杨闵对待猫咪的方式像对待瓷器，连碰乱它一撮毛都要轻声连连说"对不起"，很是小心。金纹则是有些粗暴地爱，她会把猫咪的脸颊捏成一张圆饼。而猫也最喜欢这样的金纹。金纹若是在场，不论杨闵怎样花言巧语，那猫都不肯看杨闵一眼。金纹和猫咪其乐融融时，杨闵总是羡慕地在旁边看着。

后来，那只猫和同学们亲得不行，有好几次，它就在上课时大摇大摆地溜进来，径直找到金纹，让她陪它玩。老师们只得一脸无奈地把它拦腰抄起来，不客气地从窗户丢出去（当然，他们的教室在一楼）。

今天，金纹突发奇想，打算给猫咪喂点薯片，看它会不会喜欢。杨闵和金纹找到猫咪后，那猫却一副自命清高的样子，说什么也不肯吃。

"喂！我好心给你买了零食，怎么不吃啊？"金纹对猫咪叫道。

猫咪也不服气，喵呜喵呜地叫起来。

"猫咪不能吃零食。我带了猫粮，你们来喂它吧。"

　　是雨楠。雨楠的脸圆圆的，留着短发，眼角下垂。她有让人心安的少年音，这和她宽容随和的性格很是搭配。杨闵想起她不喜欢穿裙子，加上处事不惊的言谈举止，使她看起来有点像个邻家大男孩。

　　金纹和杨闵连连道谢："谢谢！"

　　"没事啊。"雨楠开心地揉揉两个女孩子的头发，她俩顺从地眯起眼睛，"你们有看到张灯吗？"

　　"张灯？没有……"两个女孩都摇头。

　　"又跑哪里去了，真是。你们先玩，需要的话，我可以帮你们再买些猫粮。再见。"雨楠说。

　　杨闵向她挥手告别，突然感到手被什么拽了一下：猫咪叼走了小包，一扭头把猫粮撒在地上，开始大快朵颐。

　　雨楠来到教室里。原来张灯已经到了，两人相视而笑，愉快地坐在一起，交谈甚欢。张灯的嘴巴几乎没有停过，仿佛要把攒了一学期的话一股脑儿说出来。

　　"雨楠，我觉得自己好孤独啊。雨楠，我不太懂怎么和别人相处。雨楠，请你一定要帮帮我！雨楠，我希望成为像你这样的人。雨楠……"

　　"喂喂，你慢点说。"

"我应该早点对你道歉的，真的很抱歉，那样对你。你真好。"张灯没有刹住，自顾自说着。

雨楠听到这儿，脸一下子红到了耳朵根。

"奇怪！没事吧？"张灯很是不解，他不过是道个歉而已啊。

"当然没事。你怎么什么也不懂，你是傻子吗？——算了。听着。"雨楠强作镇定地说，但她耳朵上散发出的热气都快把自己烫熟了。

她咬着嘴唇，"我有的时候，不是很坦率。"她吸吸鼻子，"我不喜欢把情绪说出来。还有许多人也是这样。你要学会观察——你明白吗？"

张灯云里雾里听了半天，扑哧一声笑了。

"笑什么？我讨厌让别人了解我。但是，你……"雨楠翻了个白眼，"只有我才会主动告诉你自己的性格，其他人可不会这么照顾你。以后你要学会自己去观察别人的性格和脾气，照顾他们的感受。"雨楠认真地说，"你的第一个任务：去找金纹和杨闵，告诉她们你很抱歉。"

"遵命！"张灯火速跑掉了。

那道歉的场面也不够感人肺腑，甚至有些搞笑：张灯紧张得给人家鞠躬，杨闵也不由自主地回礼，要不是金纹拉住，这俩笨蛋有可能对拜一上午！

从那一天起，张灯开始练习与他人相处。当然，开始时很是艰难，他仍偶尔露出孩子气的一面。但是，张灯渐渐习惯了这样的生活。他变得开朗、阳光，对生活充满信心。虽说他还是很需要雨楠，但是，知足一点嘛，至少表面上，他已经进步了不少。

"哎，张灯，来了啊！"生龙活虎的金纹每天早上都大惊小怪地盯着门口，第一个和来人打招呼。

"早安，张灯。"雨楠会平静地注意到他。

"快点，张灯，英语作业本借我抄一下！"邓芝从来不好好写作业。

大家的声音逐渐出现在张灯的世界里。他发现了自己从未发现过的幸福。

雨楠呢，像只恬静的猫，每次张灯不小心犯了错，暗暗内疚时，她就安静地来到他身边坐下，抚慰他。

张灯的本性是那么简单，不像石头激起浪花，而像秋风掠过湖面，在大家的灵魂中留下轻且浅的印记。

雨楠暗自觉得，这家伙还挺像只小狗，单纯的、不谙世事的那种……

然而，生活总是反复无常，一波未平，一波又起。青春期的烦恼暂时离开了张灯，转而袭击了另一个男孩：郑铭。

在班中，郑铭是个奇异分子。他喜欢动漫，但由于"入戏太深"，经常会沉浸在剧中人的情绪里不能自拔；他喜欢写作，但知识储备略有不足，经常出现令读者啼笑皆非的错误。和其他男孩比起来，郑铭好像有许多不同点：这个年龄的男孩都喜爱运动，打打篮球，踢踢足球什么的，可他从不接触这些东西。他的身体素质并不差，只是忌惮那些飞来飞去的球，总觉得它们像战略巡航导弹，一不小心就会炸得他头破血流！

这个年龄的男生特别喜欢互相取昵称。班里的男生几乎人人都有自己的昵称，像什么超人、乔丹二号之类的。可是，郑铭却得了个"小可爱"的称号，这令他郁闷得很。

刚踏入初中时，郑铭还没过多地在意别人对自己的评价，每当有人说他可爱，他就顺着台阶接上一句："那是当然！"可是最近，他下定决心，让自己阳刚一些。

首先，他从运动抓起。虽说他终究克服不了打球的心理障碍，但他仍希望能在运动场上大展拳脚。体育课上，做完热身，老师就放羊似的让同学们解散，正好给了他机会。

他找来泰迪，提出要比五十米。

泰迪的本名叫"茜"，可她却很不喜欢这个名字，因为大家总会在"xī"和"qiàn"的读音间纠缠不清，因此她给自己化名叫"泰迪"，这也确实符合她热情的性格。

"找我干吗？为什么不找男生？"泰迪问。

他笑笑："顺便带你锻炼一下呗！"

他没敢道出自己的私心：他怕成为男生里最慢的那个，被当成笑料。

几个起哄的女生给他们当裁判。

等她们喊完开始，郑铭如离弦之箭般飞向终点线。正当他得意扬扬之时，蓦地发现泰迪已超过他，冲过终点。身为参赛选手中的男生，郑铭似乎毫无优势！

郑铭全力冲刺，大口大口地喘息着，累得连膝盖都直不起来。泰迪却脸不红、气不喘地走过来，揉揉他的头发："小可爱，你还是再多练练吧，我先不陪你啦！"

这下郑铭无话可说了，人家确确实实赢了他，他又怎么好再去纠缠人家。郑铭当机立断，决定终止运动计划。

他很不解,既然得到了一副男儿身,为什么老天没配套给他男子应有的气概呢?环顾四周,能帮上忙的寥寥无几,他越发心灰意冷。

可是,正当他胡思乱想的时候,泰迪忽然折了回来。

她借着酝酿已久的那股子兴奋劲,说:"我们在一起吧。"

郑铭没反应过来:"啊?欸,好啊。"

泰迪笑眯眯地跑开了。郑铭这个傻瓜,足足花了半分钟才回过神来。

"好啊……好……啊?!"

泰迪对郑铭表白的事情,很快就成了同学们嘴里津津乐道的八卦。张灯对此兴奋不已,整天唠叨"啊!爱情是多么美好"云云。金纹等女生,则祝福二人的感情能够长长久久。然而,雨楠有些担忧……

体育课上的故事就是多。

发现邓芝偷偷哭泣后,杨闵一直很担心他。每逢体育课,寸步不离地跟着他。此刻,邓芝在打篮球,她便守在篮球场边。

此刻，战局已白热化。金纹不紧不慢地控制着球，伺机而动，邓芝紧张地防守着。

说时迟那时快，金纹忽然直起身子，一个后仰跳投，球高高地飞起，邓芝一咬牙，果断地伸手去拦，在空中勾手，把球投向另一个方向，一气呵成。

他本想听到队友的欢呼，可是，他听到的是同学们的惊呼："躲开！"

他疑惑地看去，顿时吓坏了，天哪，杨闵怎么这么近？

那个篮球像颗炮弹一样向她飞去，邓芝来不及多想，三步两步冲过去，鞋子在地上摩擦得咯吱咯吱响。他全力一伸手，把球从吓呆的杨闵面前拨开，球在地上泄气地弹跳两下，滚开了。

"你看球能不能离远点？"邓芝抹了把汗，有点后怕。

杨闵从惊吓中回过神来，不服气地反驳道："我又不是在看球！"

"那你看什么？看筐？"邓芝摸不着头脑。

身后的队友捡回篮球，边拍边吹起口哨："邓芝，姑娘是在看你呀！"

邓芝回过头，一副难以置信的表情。然后他耸耸肩膀，翻了个白眼，说句"别起哄"就继续和他们打球去了。

杨闵有点无语,他就真的感受不到她的好意吗?

没想到,放学时,邓芝叫住了杨闵:"你真的是在看我吗?"

他的神色有点紧张,弯下腰和杨闵保持平视,局促地舔着嘴唇。杨闵这才明白,白天他那样只是为了防止别人多想。她的气一下子消了。

"我只是想知道,你是不是一直有什么心事。"杨闵柔声说。

邓芝瞪大眼睛,他没想到杨闵是为这事找他。"啊?哦!对不起,这是我的错!我当时告诉你就好了!"

"我爸啊,工作原因,被派出国已经一年多了。他以前总想教我打排球,可是我觉得只有女生才打排球,就说什么也不学。现在,唉,想学也没人教我了。在排球队待久了,就会时不时想起他。上次嘛,也是这个原因。"邓芝说着,一副满不在乎的样子。

"啊?那你没事吧?"杨闵有点不安,她不知道怎么安慰邓芝。

"没事没事,这不是什么秘密,我那些哥们儿也不是不关心我。是我吩咐他们,看我矫情劲上来了,就放我自己哭一会儿,然后我就又生龙活虎了!我好得很。我可是邓——芝!"他在脸旁边打了个响指。

"真的没事吗?"杨闵双手在背后握紧了。

"嗯。另外,谢谢你关心。作为感谢,下次送你只超帅的蜘蛛,特别好养的那种!"

"算了吧!"杨闵惶恐地拒绝。

今天,杨闵起床晚了十来分钟,到校时已经七点十分。她匆匆做完早读的卷子,刚趴下准备补一觉,金纹打断了她的美梦。

"早安啊!"金纹走回二人的桌子边,手里捧着一大摞刚收的作业。杨闵无可奈何地接过一半,两人一起走向办公室。

晚些时候,杨闵正在奋笔疾书做数学作业,一道作图题难住了她,她停下笔,将那支铅笔在手里转哪转。

金纹突然喊起来:"你为什么不用我送你的那支?"

这时,杨闵才反应过来。之前她过生日时,有几个好朋友送了她礼物,金纹自然也是其中之一,当她把那一支自动铅笔递给杨闵时,杨闵心里也充满了感激。

不过，邓芝送她的恰巧也是一支笔。她觉得那一支笔更漂亮些，因此就让金纹的那支暂时放假了，没想别的。杨闵又不是故意避开她的心意，还有数学题要做，只敷衍了句"以后会用的"，没有多想。

等下课时，杨闵去找邓芝讲题，金纹站在一旁大说怪话，什么"早恋可耻"，什么"过分"之类，引得二人都脸红起来：教室里充满了尴尬的空气。

杨闵怕金纹误会他俩的关系，想跟金纹解释，可是上课铃不失时机地响起来，她只得作罢。

下课时，金纹好像还是有点不开心。杨闵有点苦恼，却不清楚金纹为什么忽然这样，只好去问邓芝。"是不是我让她不高兴了？我应该去道个歉吧？"

"你道什么歉？她又没生你的气。这个年纪的小姑娘，对自己的闺密有点过分的感情，也很正常吧。她是有点吃我的醋。"邓芝一脸老谋深算的表情。

"你为啥懂这么多……"

邓芝不愧是金纹的老同学，猜得分毫不差。过了一阵子，金纹冷静下来，也觉得自己是做了件小孩子气的事。哪有和男生吃醋的……唉，又要被邓芝嘲笑了……

不久，初一的期末来临了。

站在考场外，同学们紧张地互相鼓劲，杨闵和金纹站在一起。

"加油！好好考！"金纹拍拍杨闵的肩膀，把她拍得一个趔趄。

"嗯，我会努力的，你也要加油啊。"杨闵捏捏好朋友的脸。

金纹咧嘴笑起来，露出小虎牙。

杨闵吞了口唾沫，终于决定问一下她的近况。

"你还好吗？"

"啊？"金纹没懂。

"之前你生邓芝气了，对不对？我很担心。"

"没有啊，什么事都没有。我和他一直是好兄弟。"

"嗯。"杨闵悄悄放下心来。恰巧考试铃声响了，打断二人的心思。

进考场之前，金纹紧紧地抱了杨闵一下，"谢谢你关心我，好姑娘。"

尽管怀着一丝不安，但正像邓芝预言的那样，日子逐渐回到了平静的正轨。

寒假。

一天，杨闵给邓芝发来了邀请，约他在图书馆见面。

放寒假以来，邓芝每天被"囚禁"在爸爸工作的图书馆，学习氛围倒是不错，只是没有个同学，十二分无聊。如今杨闵主动提出和他在图书馆碰面，真让他惊喜交加，他岂有不应之理？

邓芝从来没和女生单独出去过，因此那晚他有些神经质，衣服一遍又一遍地叠了又叠；书包里的东西翻来覆去地拿出来装进去；在家中走路都有些不协调，走到哪儿磕到哪儿，拖地时还折断了拖把。

熄灯后，邓芝兴奋得半夜未眠，脑子里一直在胡思乱想。他甚至考虑，如果爸上楼来视察，是否给杨闵化个名来介绍，以免后患无穷；但他很快又打消了这个念头。何必呢，两人选择明天会合，绝非情侣幽会，只不过是许久未见的老朋友互道日安。

第二天，邓芝特意起了个大早，又是吹头发又是搽脸，来为自己的形象加点分。怎么说对方也是女孩子，他也应打扮得利落些。

等一切都准备就绪，他又焦虑起来，万一杨闵希望他有所表示呢？

他翻了翻自己的书包，里面只有学习用品。邓芝懊恼自己昨天纠结了一整晚，怎么净想些无关痛痒的，却没想到这一点！临走时，他偷偷想出去为杨闵准备个小礼物，可他没有那个胆量。爸好像注意到他今天有些反常，正虎视眈眈地锁定他呢。

九点十五，看书看得入神的邓芝突然想起，他和杨闵约定的是九点半，只差十五分钟了！他和杨闵商量地点时有些沟通失误，只好约定在门外碰头。如果因为邓芝的疏忽而彼此错过，那可是个大遗憾。

他急急地收拾好东西，整整衣服，戴上耳机，可是刚把椅子推回桌子底下，就僵住了：杨闵和几个朋友从电梯里走了出来。果然，虽说有些顾虑，她还是选了邓芝喜欢的地点。她总是这样替别人着想的，邓芝心中涌起一股暖流。

几个女孩嘻嘻哈哈的，环顾一圈，竟没有注意到邓芝。他只好从角落走出去，伸手打了个招呼。

金纹也在，看到邓芝亮相，捂着嘴窃笑起来，还把其他人都拉到远处。这是个天大的误会！就算邓芝平时不怕跟女生打交道，可又哪里应付过这种场面，想把她们叫回来吧，又显得做作，索性就拉了把椅子坐在杨闵对面。两人寒暄几句，便开始与作业奋战。

邓芝不断告诉自己要淡定，可是他看着眼前的数学练习册，往日熟悉的数学符号都变成了杨闵的脸，弄得他好生心慌！

他翻来翻去，一不留神，把纸页撕出一道裂痕。杨闵抬起头来看着他，他急忙低下头。他可不想让这女生觉得他心中有鬼。

过了一会儿，杨闵戳戳他的肩，小声说："那个，我下楼去拿几本书上来，你跟不跟我一起去？"

邓芝本想留守楼上帮几个女生看东西，方显绅士风度，但不陪杨闵又显得不大礼貌。

"没问题，我来带路。"邓芝故作轻松地小声回答。

在二楼的一排排书架中穿行，邓芝觉得放松了许多。他们兵分两路，邓杨二人一伙，其余几个小姑娘不知到哪里去了。

"这本怎么样？"杨闵征求邓芝的意见。那是一本古典名著，邓芝平时欣赏不来这样的作品，可他又不忍败女孩的兴致，就笑笑说："好像还不错！"

邓芝又把目光投向书架。透过书与书之间的缝隙，他忽然看到了熟悉的身影。

"喂，喂，小可爱！"他小声叫道，绕过书架走过去，想去搭一下郑铭的肩膀，"你也……"

说到一半，他忽然停住了。泰迪和郑铭满脸尴尬地看着他——他们慌忙松开对方的手。

"你,你们随意。"邓芝慌里慌张地跑掉了。

这还真是巧了,邓芝在心里犯嘀咕。

这时杨闵出现在他面前:"你有什么书推荐吗?"

邓芝平时阅书也不少,可他一急,竟冒出一句:"我书包里有本 Hi-Story,是本小说,你要不要看?"

杨闵秀眉一蹙:"你看那种书啊?"

邓芝不由得有点紧张。糟了,杨闵肯定觉得我没品位!或者,是嫌我没文学素养!不,她没准觉得我是新时代的文盲!……

两人逛了好久也没选到称心如意的书,只好返回楼上。

此时已将近十一点,见面的宝贵时光就这么从指缝间溜走大半。邓芝有些着急,搜肠刮肚地找话题,可是头刚从练习册上抬起一厘米,肩膀就被一只大手按住了。他刚要发作,看清来人后,顿时吓出一身冷汗:

爸来了!

原来,老爸下午要开会,怕孩子吃不上饭,特地上来帮儿子解决午餐问题。

他急得手心都出汗了,这简直像特意显示他是个生活不能自理的人！爸英明一世，在自己儿子的"终身大事"上却糊涂得要命！

邓芝重复了好几遍"我不饿"，还给他使了大约一亿个眼色，可爸悲叹道："唉，孩子大了！"好像以为儿子是不领他的情。

邓芝只得收拾东西陪爸下楼，但没有向杨闵说再见。这意思是：还没到说再见的时候。

到了一楼咖啡角，邓芝急于返回楼上，就随便要了两个三明治。但那售货阿姨竟和爸聊起天来。邓芝用余光看到杨闵和朋友们已出了电梯，心中暗暗叫苦，这下他的印象分又低了不少，他又不敢挣开爸的手去追她们。唉，这个糟糕的"约会"啊！

假期的另一天，图书馆。

张灯放下笔，胳膊放在桌子上，两只手从桌子前沿耷拉下去："化学！啊。"

"等我写完这页，陪你下楼转转。"雨楠把手指蜷曲又放开。

"欸，明年有个漫展吗？听人说的。"

"对啊。"

"泰迪最近怎么样啊？"

"还好吧。"

张灯的话匣子没打开，只好百无聊赖地看了看雨楠的手。

忽然，他看到雨楠手上有红红的印子。

"不小心划到了？"张灯不自觉地想去拉雨楠的手，却被她躲开了。

"没事。"雨楠移开视线，吐出两个字。

"至少贴个创可贴……"

张灯说到一半，忽然愣住了。他看到，雨楠手上的划痕不是一条，而是整整齐齐地一个接一个，平行交错。

"这是你自己割、割的？"

"哼。"雨楠勉强地笑了一下，"我说了没事。"

张灯知道，她那个性子，就算张灯再追问，她也不会吐露半点心声。

好了，冷静冷静冷静。她这么做一定是有原因的，你的任务，就是找到原因。

就像雨楠"尽全力保护好身边每一个人"的信条一样，张灯的信条就在这一刻确立：

拼尽全力，保护好她。

那鲜红的痕迹像一条生命线，从张灯的心中蹒跚而来，又向着黎明蜿蜒前去。

［雨楠，谢谢你一直以来对我的帮助。］

——已发送。

［我真的坚持不下去了……对不起，再见了。］

——已发送。

昭放下手机，轻轻锁上卧室的门，脱掉校服，让书包从肩膀滑落到地上。

她平静地爬上床，拉开封闭已久的窗帘，打开窗户，抬起纱窗。

她是个很怕高的孩子，然而此时她木然地把半个身子探出了窗外，身体和地面平行，视线和地面垂直。

呼——

她没有以这个视角看过世界——蓝天变成了立在她身后的背景板，楼房和车辆都被重力牢牢地钉在她的面前。曾经恐惧的高度，如今在她的面前延伸而去，变成了最平凡的一段路程。

昭松开了手，视野轻飘飘地向上翻转，她挣脱了连接大地的根系，像只鸟儿一样在空中翱翔。

风儿无声地吹过她的耳畔，她看到地面上有人在惊呼，但她懒得搭理他们。

她在飞啊！她抛弃了一切灰心与绝望，在天上飞啊！

这不就是她一直追求的解脱吗？此刻的她多么自在……

然后她摔在地上，砰！正落在门前的小路上。

她没感觉到疼，只是感觉有点郁闷——刚刚开心起来，就又被打断了。

一个小男孩看到了七零八落的她，吓得又哭又叫。

吵死了。她想责备一声，却想起雨楠告诉过她不要对小孩子发火，又不好意思地闭上了嘴。

那个小男孩很快地跑掉了。不一会儿，警察来到了现场，用黄色的胶带把现场封好，接着清理掉地上的血迹。

她又忍不住抱怨道：喂，那可是在我身体里流了十六年的血啊。

这之后，有人把她的身体捡到袋子里。那袋子看起来粗糙不堪，很狭小。

时间在飞速前进，视野中的悲伤景象却一成不变——爱她的人对着她的遗体痛哭失声；那些对她怀有希望的人纷纷闭上了眼睛；那些曾经被她忽视的人，也在为一个少女的离去而握紧双手……

昭仍然悬在窗户边。她无声地流着泪，对着这个世界。

"我想要的不是这种结局！"她大喊。

昭一挺身从窗边跳了下来。她打开锁，推开门，抓起水杯，到客厅去接了一杯水，然后咕咚咕咚地喝完。她回到卧室，拉开书包拉链，掏出作业，摊开在桌子上。她活过来了，并且对着自己发誓：再也不要有自杀这样愚蠢到家的念头了。

她拿起手机，雨楠回了她信息：

[相信我，你能坚持下去。我还陪着你呢。]

昭的眼泪滴在屏幕上。她连忙擦去眼泪，回复道：

[没事的，没事了。我知道，我能坚持下去。]

到漫展现场的时候已经上午九点多了。张灯背着书包穿行在人潮之中，感到脸颊一阵阵地散发出热气。假发垂在他脸上，仿佛要被他的体温烫化一般，有点刺痒，他不住地用手撩开头发帘，但眼睛还是一阵阵地刺痛。

进了门，左手边是一面签名墙，上面寥寥写画了些文字和涂鸦。另一边是T形的主舞台，这个时候舞台上还没有演出，主持人们在台下互相交换、核对着稿子；正门对着一排连起来的货架，上面挂满了各种首饰，桌子上罗列着一些漫画书。再往右边，就是Coser的聚集区了，还有一些初来乍到的爱好者，拘谨地坐在角落里，等待表演开始。

张灯四处转了转，侦察好地形，在休息区放下背包，刚准备坐下，有人在身后拍了拍他的肩。是两个女孩，都气喘吁吁。

"您好！可以、可以给您拍张照吗？"其中一位礼貌地微微鞠躬。

这个孩子脸颊苍白，脸上有些雀斑，眼睛机灵地打量着张灯。她留着及肩的长发，穿着镶满花边的毛衣裙，锁骨露出来一点。她戴着一副大镜片的浅色金边眼镜。

张灯忙不迭地跑到一边的空位，端起胳膊，十指相对，掌心向前，做出发动炼金术的姿势。拍完照，他心里有点受宠若惊。"原来现在还有人看过《钢之炼金术师》啊。"

"当然了！"女孩的朋友比了个OK的手势，"'所谓等价交换，就是……'"

"'你要得到什么，必须失去同等代价的东西。'"张灯不假思索地接出了台词的下半句。

"没错！"两个孩子兴奋地跳了起来，"你走得可真快，刚才我们在后面跟了你半天，也没追上。"

张灯不好意思地嘿嘿笑起来。

"请问，您是张灯吗？我在我朋友的空间里看见过您的照片。"那女孩突然问道。

张灯一惊："嗯，是啊。"

"我的名字，叫昭。我和你的朋友认识。"她笑了，喊了一声，"雨楠！"

不远处的一位Coser转过头，走到他俩身边——是雨楠。她穿着修身的黑色燕尾服和深蓝色的长靴，腰部和袖口有蓝黑相间的花边。

张灯不由得笑出声来。

平时雨楠总是温文尔雅，每当张灯沉溺于那些侠客英雄的幻想之中，她总是一副不在意的样子。只有在漫展这样的地方，她才会像小孩子一样放松自己。

这是仅此一天的真正的雨楠。

"雨楠，我、我有话要对你说。"张灯突兀地说。

雨楠歪着头看他："什么事？说吧。"

"我……"张灯的面色潮红，嗫嚅着不知该说些什么。

"说呀！"雨楠不明所以地问他，"算了，咱们先去舞台那边占个位置吧，你慢慢说。"

张灯无奈地咽了下唾沫，跟着她来到舞台旁边。

"以后我要跟着你。"

张灯好不容易憋出这句话。

雨楠好像不那么意外:"哈!"

"我想看着你,不让你再割手。"张灯心里仿佛有火在燃烧。他以后会不遗余力地照顾雨楠,现在他要让她知道这一点。他把这句话从心里挤了出来,接着如释重负地咳嗽了几声,随后,胆战心惊地抬起头来,瞧着雨楠。

雨楠浅笑起来,又显得有点惊异。

"我说了,没事的。不过,好意心领了。"

虽说张灯有心理准备,但是他还是愣了一下,自嘲地低下头。

张灯的嘴唇颤抖着。他有点想哭。在他眼里,雨楠绝对是"有事"的,可她不接受他的帮助。自己如果再聪明一点,是不是就能帮上雨楠了?

"我保证,我没事。"雨楠拍拍他的肩膀,"啊,有朋友来了。你肯定不想让他们看到你这样吧。来。别难过了,合张影吧。"她拉过张灯的肩膀。

张灯转过头去,看着雨楠。她还是那副熟悉的样子:脸圆圆的,留着短发,眼角下垂,很温柔。啊,没错,她穿着角色扮演的服装,但这不妨碍张灯在人群中一眼认出她来。即使在梦里,张灯也会听到雨楠的呼唤。

好巧不巧，在图书馆遇到邓芝那天，是泰迪和郑铭的初次约会。

这之后，便一发不可收拾。二人有时间就抓，没时间就挤，看电影，喝咖啡，逛游乐场……能玩的都玩了个遍。就是这样，他们仍嫌不够，一回家就拿起手机聊天。

这当然会有很多影响，特别是对郑铭。他成绩一向是很好的，可是开学后频频上课打瞌睡，注意力没法集中，导致成绩也出现了断崖式下跌。不过，不论他怎么对着成绩单抓耳挠腮，他也会对泰迪说：没事的！

这样真的好吗？泰迪犹豫了……

这是平凡的某一天——谁说得准呢，一年前泰迪向郑铭表白的那天，也是平凡的一天哪。

泰迪紧张地握着双手。

"我们分手吧。"

"什么？"郑铭仿佛挨了当头一棒。

泰迪连忙摇头："不，不是你的原因。只是我想，还是先读书吧，这样才……"

"嗯，我、我明白。"

"以后我们还是朋友吧？"

"嗯。"

"别担心，我没事的！"

"我也没事。"

两个人冲着对方笑笑，转头慢慢离开了彼此。这次背对背，拨开了两人相交的命运之线。

离开两步远之后，泰迪哭了，但没有出声音。她心中还有一份安慰：如果说她此刻做的决定，能让郑铭得到一个更加自由的未来，那她是不会有遗憾的。

几天以后，郑铭想着泰迪好看的棕色眼睛，又黯然失神，一整个上午都闷闷不乐。可时光从不会因为一个人的悲伤而停止流逝。

中午，大家吃完午饭回到教室，郑铭也随着大流。但这个午间有些不同，他一进教室，就看见讲台上摆着一个大蛋糕，黑板正中央写着龙飞凤舞的"Happy Birthday"，两侧的黑板上写有泰迪的名字，金纹还在黑板的边角做着其他的修饰。原来今天是泰迪的生日，同学们决定给她一个惊喜。

过了几分钟，泰迪踏进教室门，一看到女生组成的仪仗队，立刻惊喜地喊起来。女生们也齐声喊："Happy birthday！"泰迪激动得不知该说什么，全班立刻沸腾起来，尽情狂欢。刚开始高老师还勉强维持得住秩序，但她像个大女孩，看同学们这么欢乐，便也愉快地加入了庆祝的行列。

如果说快乐会传染，那么郑铭体内也许含有快乐的抗体。看着同学们的笑脸，他反倒感觉更加悲伤。他清楚生活中总是有人欢喜有人愁，可是道理归道理，此刻他仍然无法从失恋的旋涡中逃脱。

他难过极了，慢慢走到教室后排的角落，坐下来，用两只手拄着下巴。

邓芝手上沾着蛋糕，似乎没有察觉郑铭的异样，一巴掌把蛋糕抹在他脸上，郑铭刚想抱怨，邓芝又龙卷风般"刮"到别处去了。奶油很快在脸上干掉了，郑铭发狠地擦了几下，但它就像生了根似的，要永远待在那。他立时感到全世界都在与他作对，鼻子一酸，眼泪就流了出来。他赶忙眨眨眼睛，把眼泪吸回去，视线清晰了之后，他发现面前站着谁。

是高老师。她愉快的表情消失了，关切地问："你怎么了？"

郑铭努力保持声音的平静："嗯？没事。"

话音还没落，高老师就戳破了他的伪装："别藏了，有什么事，和老师说说。"

郑铭也没法继续装下去，于是他和高老师悄悄离开了热闹的教室。

当高老师问他为什么不开心时,他有点犹豫。一方面,他知道不该把自己和泰迪出卖给老师;但另一方面——虽然那时他还不了解高老师——但他暗暗觉得,高老师不是那种迂腐的老师,而是一个可以帮他解决问题的朋友。因此,他给老师讲了自己的烦恼,关于自己被看作男生中的异类,以及无法融入集体,云云。

当谈到他觉得自己从未融入这个集体时,老师笑了,说:"那是你自己那么想。刚才你自以为完全在生日Party之外,可是还是会有人跑来往你脸上抹蛋糕,不是吗?"

"啊……"郑铭愣住了。

"你的困惑,我之前的学生也有过,你只要记住,不要成为别人要求你成为的人,成为自己,就足够了!"

这下,郑铭仿佛醍醐灌顶,得了"高人"指教。是啊,为什么要躲开自己本来的样子,而勉勉强强地重塑自己?不是只有阳刚的汉子才称得上男孩,学识渊博的书生也一样能受人喜爱。

时间在不知不觉中流逝,他们又聊了很久。郑铭抬起头,看到了一缕阳光正从乌云中透射出来;

再仔细看,那仿佛是泰迪在对他微笑。他不再悲伤了。

两人谈话结束,正好放学铃响起,郑铭和高老师一起出门。

老师把手搭在郑铭的肩膀上,他立刻清醒了几分。完了,高老师将要以老师的权威身份对他发表冗长的陈词滥调了。

郑铭硬着头皮等候下文。

没想到,高老师只是调皮地问:"泰迪?"

"老师您……?"

"Obvious secret。"高老师俏皮地把食指竖在嘴唇前,"你们都是很理智的孩子。"

郑铭鼓起勇气,看向泰迪。她注意到他的目光,嫣然一笑回应他。

"她真可爱。"高老师说。

从此以后,郑铭又变成了那个郑铭。他依然爱猫,爱文字,爱音乐,看到球飞过来会吓得大叫。

他还是他,是男生中的另类。

只是有一点已经改变:他逐渐喜欢上了这样的自己,并且,他已经下定决心,让自己就这样自由自在地成长起来。

那场谈话,也是郑铭和高老师友谊的开始。从此以后，郑铭尽他的全力去帮助老师，有心事时，也会去找老师分享。老师尊重他，会为他保守秘密。他相信这一点，因为这就是事实。

其实高老师和其他嘻嘻哈哈的女生没什么两样，只是多了一份人生智慧，这样的朋友何尝不值得拥有？可是不少的同学依然对老师竖起一面盾牌，郑铭很为老师感到不平。

他想做些什么去让同学们相信她，可是毫无头绪。连那些平时和老师比较友好的学生，也只把她作为知识的传授者，而不是可以信赖的朋友。

想来想去，郑铭终于想出了一个好主意。

他最近在写校园纪实小说，本来只是自娱自乐，没想到，文章一出，反响强烈。他意识到这是个绝好的机会，可以架起老师和同学之间友谊的桥梁。

于是，他动手撰写下一篇文章。这次写的是那个全心全意爱学生的老师。

他希望，自己的文章不仅能为人带来快乐，更能作为桥梁，让高老师和同学们透过文字凝视到对方的心。

当然，他和高老师之间也有冲突。比如这次考试，他的experience拼写错误，高老师竟毫不留情地罚他抄写一百遍!

他边奋笔疾书,边抱怨这位老师够"残忍"。

"啊——高老师啊,您真是太狠啦——"

分手后,郑铭一直不知如何面对泰迪。之前生日,他也没有送泰迪礼物。后来他一点点地想通了:就算不以恋人的关系,朋友之间也可以互相送礼物啊。他不想与泰迪绝交,他希望两个人能成为成长路上的战友。

"谢谢您!"

郑铭从花店退出来,小心翼翼地捧着自己刚买的花,还做贼心虚地到处乱看。然而,世界就是这么小,他的视线和张灯碰了个正着。

张灯好奇地跑过来问:"你买花了?送给女孩子吗?"

"没有!没有!"郑铭连连否认。

"谁信啊。给我看看!"张灯一把将手伸到他身后,夺过他手里的——"欸,仙人掌?"

"嗯。"郑铭害羞地说。

"你给女孩送仙人掌?"张灯瞪大了眼睛,"天哪!"

"你就明白怎么送女生东西了?"郑铭闷闷不乐

地反驳道。

"我……"张灯一下子支吾起来,"百步也能笑五十步!"

郑铭想了想,忽然把仙人掌塞进张灯的手里:"你说得没错!这个奖励你!"说罢逃之夭夭。

出师不利没有影响郑铭对准备礼物的热情。

万事开头难,郑铭自我安慰道。也许在进入礼品店的一瞬间,他就会茅塞顿开,领悟给女孩送礼的诀窍也说不定。于是他动身前往一家较大的文具店。

那家文具店他之前去过,但每次都是只买些学习用品,里面的屋子从来没有涉足,那里对他来说完全是一片未知的土地。因此,当他走进礼品区域时,不免有些紧张,把头紧往领子底下缩。礼品店里挤满了女孩子,她们说说笑笑的,似乎是这地方的常客。有两个女生注意到手忙脚乱的郑铭,还对他善意地笑笑呢。可是郑铭只想快快消失。

老板发现郑铭漫无目的地转悠着,认定他是送礼的菜鸟,便来帮他挑选礼物。

"小伙子,要买礼物吗?送给男生还是女生?"那个大叔笑呵呵地问他。

怎么又是这个问题!郑铭一慌,没有说实话:

"嗯，送、送给男生的。"

大叔好像有些不满意，也许他认为，送给异性的礼物会带给他更多的利润吧。大叔百无聊赖地走了，他趁机溜回女生礼品区。

这里堆满了各种绒毛玩具，还有一些小篮子，里面装着小卡片、小发卡什么的。郑铭顿时感到一阵欢欣，他深吸口气平静下来。在中心货架旁转了一圈，他有些失望。虽说东西琳琅满目，但都没有适合泰迪的。

只有一样东西，他勉强觉得还好：一个礼物盒。盒子是白色的，有个红色的盖子，盖子上扎了一个十字结，还穿了一个小卡片在上面，挺有生日礼物的意味。最令他满意的是，其他盒子的标签都粘死在盒身上面，唯独这一个是轻轻地被放在了那根丝带上，像一只白色的小蝴蝶停在花瓣上，很容易就可以不留痕迹地撕下来，这个设计很是精巧。他抱起盒子放在收银台上面。

总体来说，这次购物还算有所收获，只是他不大喜欢老板看他的眼神。那眼神中明显透出不满，也许还在警告他：小伙子，一个空盒子是不可能当作礼物送出去的！

是啊，郑铭当然知道这点。于是他继续寻找合适的礼物。

周末早上，郑铭的爸妈出去了，留郑铭自己在家。他无所事事地看看这看看那，心里在做一个抉择。

上次文具店之行，他曾看到一个音乐盒，是大提琴造型，透明的外表里能看到精致的机械结构。现在回想起来，它做礼物再适合不过了。到了傍晚，爸妈很快就要到家，要不要去买音乐盒，他依然没有想好。虽说他真的很想把那个音乐盒送给泰迪，但是泰迪是否会喜欢，他也不敢确定。他穿好外衣，打开门的一瞬间，门外的热气扑面而来，把他又推回到屋子里。

七点三十分，离爸妈回家还有最后的半小时。郑铭此时已经焦虑得无法做其他事，连外套都没有脱，又没法说服自己去买。

本来嘛，这次送礼物就是一次孤注一掷的冒险，也许他不应该投放如此多的精力。

这个想法把郑铭自己都惊呆了。他想感谢泰迪，非常想！可是这份思念竟不足以让他为泰迪做出这样一件小事！

他坚定地打开门，冲出去。

也许文具店已经关门了，他只能空手而归；也许当他回来的时候，爸妈会先他一步抵达，质问他去哪儿了，他将有口难辩；也许这份心意历尽千辛万苦到了泰迪手中，她并不喜欢。

但是，青春就像他此刻奔跑着的路一样。他会在这条路上发现沙砾和荆棘，但是同样会遇到浪漫的花朵和阳光。

郑铭顶着大风，左摇右晃地疾跑。风大极了，加上有沙子，吹在脸上有点刺痛。他过马路时跑得太急，差点被一辆电动车撞到。那司机对他破口大骂，他只得连声道歉。

终于，文具店的光芒映入他的眼帘。他直冲进去，立刻就找到了那个音乐盒。它和他记忆中的分毫不差，捧在手里，郑铭十分激动。他做到了！

回到家时，爸妈还没回来，他松了口气。他小心翼翼地用热水轻轻擦拭音乐盒后面的标签，把它撕了下来。在把这件物品放进盒子里时遇到了点困难：盒子的大小无法容纳这个音乐盒。他做了些简单的计算，最终找到了解决方法：音乐盒可以斜躺在盒子里面。

看着废墟一样的礼物包装，郑铭自嘲地笑了。不论结果如何，他已经付出了最大的努力，这就够了。

放学时，郑铭拿着礼物盒，送她到门口。

他酝酿了很久，说："泰迪，我有话要对你说。"

"什么呀？"泰迪笑着问道。

"我想对你保证，今后不会总缠着你了。"郑铭咽了口唾沫，他发现一旦开了头，剩下的话就好说多了。

"这个月，你不在我身边，我很孤独！但是这份孤独对我来说，也算是个新的开始，我开始注意到你之外的其他朋友。他们一样是我生活中的一部分。也许，我们还可以做回朋友的，因为我们都不是彼此的唯一，这最后一份隔阂，也该消除了吧！"

泰迪看着郑铭，重重地点头。

"唉，对嘛，咱们之间有什么需要顾忌的！"

郑铭鼻子一酸，但他嘴咧得宽宽的，坚强地笑了起来。

泰迪开心地喊了一声，因为手中拿着礼盒，只得扬起下巴对他告别。郑铭看着那熟悉的背影，知道泰迪终于回到了他的世界中。

跨河大桥之上，清风吹拂，天高云淡，车流来来往往。

张灯在她身边走着。他不敢多看她一眼，生怕雨楠的一个眼神或是一个表情，都会打消自己开口的勇气。

他又不傻，当然看得出来雨楠被什么困扰着。他决定把一切都问清楚。

接下来会发生什么呢？

也许是动漫里经常出现的那种场景吧。

张灯会站住脚拉住她的衣摆，然后雨楠会停下脚步，二人在天空下相对而立；他低头看着她，她仰头看着他，周围流动的一切都奇异地沉静下来；然而在他终于鼓起勇气开口的时候，会有噪声盖过她的呢喃，那会是出租车的鸣笛声，或是大风掠过树叶的摩挲声吗？

雨楠倔强地走在张灯身后，躲避着张灯的视线。

就像那个时候一样，雨楠在藏着什么。

他想朝天大喝一声，把空中盘旋的那些恶鬼全都赶走，可他又忽然想起雨楠还在自己身边。

他停住脚步，转身面对雨楠。

雨楠拘谨地平视前方，耳朵涨得通红。

张灯看向她的手，她的手上添了些刻痕，有的深有的浅，有的新有的旧。

"到底为什么割手？"

"没事。"雨楠抽回手。

转眼间,他们到了分别的路口,一个向左,一个向右。纵使张灯心里怀着无数的担心,也只能先离开雨楠。

那之后,雨楠依然和以前一样云淡风轻。而张灯呢,却只能注意到她手上不断增添的刻痕。他心疼这个女孩的手,也心疼这个女孩的心,希望能从根本上帮助她。张灯一直在尝试各种新花样,做一本手账啦,为她写一首词啦,使尽浑身解数。他心想,就算不清楚原理,如果能找到雨楠开心的规律,也是可行的。

除了雨楠,学业也让张灯焦头烂额。他作为一个"前好学生",不能容忍自己的分数曲线一路暴跌,何况在"股东"爸爸妈妈那里也说不过去。于是,他痛定思痛,决定下次好好加油。

新一次月考成绩发了下来,他的成绩单可以说惨不忍睹。他偷偷瞄向雨楠,她也是眉头紧锁,还悄无声息地拿出了自己的壁纸刀。张灯看到,连忙大声咳嗽两声,雨楠才"咔嚓"一声把刀刃藏回去。

当晚,他拍拍脸颊,开始了又一次尝试——帮助雨楠的尝试。他按照老师在班会上给他分析的问题，制订了一份学习计划，寻思着也推一把雨楠，她也一定为自己的分数而苦恼着。

第二天，他趁着下课，把这一叠纸拍在雨楠面前。

雨楠咧了咧嘴："这是什么？"

"学习计划！听着，我分析了当前局势……"接着，他就滔滔不绝起来，谈到激动处，还抓过雨楠桌上的一支铅笔，以笔为剑，纸上谈兵。

讲完后，雨楠有些无趣地说："怎么突然想起这个了？"

"我们要好好学习啊！"张灯嘴里居然蹦出一句这么正经的话。

"然后呢？"

"然后我们就会有更多选择。"

"然后呢？"

"然后我们就可以无限制地打游戏了！"张灯这么说。

然后我和你在一起的时间就会变长，机会就能变多。不管有多难，我都要帮你，让你开心。——张灯其实是这么想的。

张灯搬出"杀招"——召开家庭会议。

所谓家庭会议，其实是张灯的妈妈起的有些言过其实的名字。他们一家三口话都不少，因此他们经常会拿出一两个小时东拉西扯，上到军事政治，下到柴米油盐，无话不谈，这就是张灯暗暗引以为傲的"家庭会议"。虽然他的困惑有时不能跟爸妈直说，但爸妈神通广大，会议内容又天南海北，也许会议中提及的某一个点，就会给张灯灵感。

这周末爸不在家，家庭会议的规模只得缩减，变成张灯和灯妈两人。

妈正在煮汤，掀开盖子，香味扑面而来，水蒸气如白龙一般腾起，给窗户蒙上一层雾。

见张灯前来，她立马打开话匣子——家庭会议可以随时召开，母子俩有的是话谈。

"……孩子，妈最近看了本书，叫《直视骄阳》，等你有时间拿给你，一定要看看。"妈是个心理学爱好者，经常向张灯推荐她的最爱。

张灯一边听她推荐，一边下意识地伸出手指，在窗户上蘸着水雾画了一棵大树。

妈看到这棵树，竟突然说道："唉，孩子，妈看你画的这棵树，真是欣慰！"

"这不就是简笔画吗？"张灯被这新奇的理论弄得摸不着头脑了。

"不不不，在心理学中，一个人把树画成什么样，一定程度上能反映他内心的状态。"妈开始大倒她那些专业知识，"比如你的画，树干很粗，这说明你从家庭中获得了很大的支持；树冠很饱满，说明你的内心是充实的；树上有果子，说明你觉得自己的人生已经有所成就。另外，画面整体居中，说明你对爸妈的爱基本是均匀的！……"

"切，都是邪门歪道！"虽然张灯嘴上这么说着，却在心里偷偷过了一遍妈妈的那些判断——老天，居然还挺准。可以对雨楠试一下这招，他悄悄在心里打好算盘。

当晚爸妈都睡着以后，他蹑手蹑脚潜入妈的书房，偷走了一摞子心理学教材，开始仔细研究。书里成群的术语看得他头昏脑涨，不过他还是大概了解了判读方法。

趁着课间，张灯找到雨楠，递给她一张便利贴。那便利贴是正方形的，这是个小机关，方便他观察画面的相对位置。

雨楠讨厌心理测试，张灯不能告诉她这么做的目的，但张灯也不想说谎，因此他偷换概念，把这个读心花招伪装成一个小游戏："雨？陪你玩个好东西。在上面画一棵树，我就能看出你心里的想法。"

雨楠被他一本正经的语调逗乐了，打趣道："那我告诉你，我现在的心情属实一般，因为有个家伙缠着我，叫我画画。"

不过，她还是认真地开始勾线。

雨楠丝毫没有停顿，自下而上描出一道细细的线，末端像钉子一样逐渐变细，刺向天空。然后，她移动笔尖，张灯的目光也随着她的笔尖挪动。她画出一条一条的枝丫——全部是那种尖锐的枝条——最后画成了树的主干。然后，她在枝丫上添加了一些尖刺，然后想了想，又在半空中补了些飘零的叶子。

"嗒嗒。"她拿给张灯看，"好了。"

"嗯。"张灯扯过便利贴，轻轻地应了一句，"判断完毕！你现在心里在想我。"

"判断错误。"雨楠吐了口气。

张灯做出个笑脸，连忙离开了。他用双手紧紧地捧住那棵小小的枯树，仿佛那棵树就是雨楠。

晚上回家后，他匆匆写完作业，把画放在桌面右侧，左边则摆着释义，认真地检查起画面中的每一个要素。研究了一会儿，他抬起头活动活动颈椎，正好看到闹钟，午夜十二点整。

"来吧，明天。"他继续整理这份笔记。

教科书是冷漠的。它把一个又一个鲜活的生命归纳成人性的规律，把一颗又一颗跳动的心脏总结为无言的黑底白字。

但张灯是温暖的。他宛如一盏小小的灯火，光线透过纸背，映出了一个名为雨楠的灵魂。

雨楠——只是太坚硬了。她很要强，可又把自己藏在心里，留给别人的，只有无私和善意。

张灯想起雨楠手上的刻痕，仔细回忆，都不致命。她不是想死，只是也需要放松。

她只有两种放松的方式。

通过血。

还有，通过他。

张灯惊讶地发现自己已痛哭失声。不过他又感到一丝喜悦，啊啊，也许这就是他的所谓价值吧？

后来，张灯还是鼓起勇气，把自己得出的结论告诉了雨楠。末了，他对雨楠说："看到了吧，如果你不接受我的帮助，我可是会变得很烦人的。给我讲讲吧，你到底为什么事难过？"

"那次漫展，你还记得吗？"雨楠沉默许久，问道。

"当然记得。"

"那个找你拍照的女孩子,你还有印象吗?"

"当然有。"

"她的名字是昭。"雨楠呆呆地低语道,"她很不幸福。她得了一种名叫'追忆症'的怪病,记忆会逐渐消失。看她那个样子,我真的很难受。我真的很讨厌帮不上别人。我说过,我要照顾好身边的每一个人。可是这次……如果帮不上她,至少我要与她一同承受疼痛。"

"所以,你是因为帮不上她,才把手划破?"

"也有别的原因。总体上来讲,是要惩罚自己,给自己点提醒。毕竟,对于生活,我做得太差了。"雨楠摸了摸自己手上的划痕。

"你已经做得很好了!"张灯有些着急地说,"大家都很喜欢你!"

"不,还不够好。"雨楠盯着张灯,"昭的事,还有其他同学的事。还有父母的事。还有学业的事。事情总是很多。"雨楠说,"就算焦头烂额,也无法全部做好。我很早以前就说了,没事。我才不会自尽什么的呢,我还得照顾你们,怎么能自尽。这只是一种提醒。"

"你就不能记日记,或是用别的温和的方式吗?"张灯哭笑不得,不过,算是松了口气:雨楠不想自尽，这只是一种比较诡异的放松方法而已。

"不能。说起来，"她不知在哪随手拔出一把壁纸刀，"今天又要清算了。"

张灯连忙说："先等一下！"

"干吗？"雨楠挥挥手，"去，这跟你没关系。"

"你割就割吧，不过，答应我一件事。"张灯说，"有惩罚，也得有奖励，这才公平。自己在心里数数，最近你没做成的事有多少。然后，再数数你做成的事有多少。用没做成的减去做成的，剩几件事，就划几个痕迹吧。我不会阻拦的。"张灯严肃地说，"不过，你要认真想，不要敷衍自己。"

雨楠想了一会儿。

然后，她把刀刃收回去，对张灯说了句："灯，谢谢你。"

那一天开始，两个人开始越来越深入彼此的心。

雨楠远没有她表现出来的那样坚强。黑暗中的她就像曾经的张灯一样脆弱，但是，她却支撑着比她沉重得多的大家。

张灯一点点地了解了她。不仅仅是知道她喜欢听什么歌、喜欢看什么动漫、喜欢什么颜色，还有知道她对"责任"的看法，知道她追求什么样的精神；他知道她对朋友的珍惜，源自她薄弱的安全感；他知道她也会害怕，害怕自己身边亲密的人们被夺走；他知道她也会孩子气，每当她心头涌起来自失败的失落。

和她相处很累。但他怎么能舍得弃雨楠不顾呢？仅仅是陪着她而已，与她为他做的一切相比，着实算不了什么。

雨楠的心思啊，那是海洋中每条鱼儿的一颦一动，是宇宙中每颗星星的光芒闪耀。但她把这些都圈在自己的心里，不展现给任何人。

他一直陪着她。他没有她成熟，没有她冷静，没法实际地帮上忙，但他一直陪着她。

日子就这样，波澜不惊地向未来迫近。

一转眼，初中三年就要结束了，时间来到初三下学期。

尽管快要中考了，但学校还是一咬牙，决定相信同学们的自觉性，举行运动会。

平时沉浸在知识的海洋中，固然使人感到充实，但是偶尔还是需要浮上水面大喘一口，看看海面上的景色。因此，班里每个同学都摩拳擦掌，翘首以盼。

不过，盼望归盼望，这个活动的开始部分总是最尴尬的：参赛者的选拔。没有谁不想为班级争光，但是大家总是不信任自己的水平，既怕丢自己的脸，也怕丢班级的脸。

因而当邓芝在讲台上意气风发地征集参赛选手时，原本兴奋的教室突然鸦雀无声，静得有些骇人。

邓芝眉头一皱。他是个运动好手，喜欢锻炼身体，肤色黝黑，脸庞刚毅，六块腹肌让其他男生羡慕不已。他很是要强，因此当他看到只有那几个公认的种子选手表态，而其他人却大眼瞪小眼，不想争取剩下的名额时，就有些火了："还有谁要报名？快一点，要是没人报名，我可要点了！"看来他真是急得够呛，竟用上了只有老师才喜欢用的撒手锏。

又有几个人举起了手，但还是寥寥无几。

郑铭看到这一幕，有自己上场的冲动，最好豪迈地大吼一声："我来！"显得多威风！遗憾的是，郑铭属于肺热体质，一到夏天，浑身大小病症不断。其实他又何尝不想为了自己的班级去闯、去搏！

言归正传，郑铭在座位上来来回回地把手举起又放下，还是犹犹豫豫地不敢报名。

他正在这儿做心理斗争，就听自己的名字在班级里炸响，吓得他手磕在桌角上，特疼。"郑铭你去跑男子八百米！"邓芝还着重强调了"男子"两字，似乎要提醒他是个男孩，估计算是一种激将法吧，当着全班同学，尤其是一众女生的面，他怎么好推辞？

体育课，所有的内容也都围绕着运动会。虽说郑铭对运动有些抵触，但他心里清楚，班级里能跑的不多，而那些高手，比如张灯，都去参加自己的稳赢项目了。中考里男子是一千米，几乎没有男生练过八百米，八百米自然成了冷门项目。他的运动水平在班里处于中下游，也就能用来凑个数，八百米他不跑谁跑？于是，他平复一下心情，开始练习。泰迪这次也要参加八百米，他们正好做一对搭档。

来到起点，郑铭的心脏怦怦跳起来。他奇怪为什么泰迪没有抱怨他的心跳太吵，在他自己听来，那心跳已经和地震一样响了。

他和泰迪对望一眼，泰迪咬了下嘴唇，赶忙转开目光，跃跃欲试地望着第一段弯道。

在旁边看热闹的金纹为他们做裁判："三，二，一——去吧！"他们立刻蹿出起跑线，全力角逐起来。

泰迪不愧是运动健将，在前一百米就把郑铭落下二十多米，之后两人的距离基本没有变动。

刚开始，郑铭还信心满满，但没过多大一会儿，郑铭的眼前逐渐昏暗起来。他拖着沉重的身躯，强打精神不被落得更远。刚开始近在咫尺的十几米似乎成了世界上最遥远的距离，他的脚步也开始摇晃。

郑铭看到终点处又多了几个女生，有的塞着耳机坐在草地上，有的在观众席边开怀大笑，似乎没人注意到他快要累倒了。这倒不错，他不希望成为女生的笑料。

然而金纹看到他们疲惫地奔向终点，大喊起来："他们回来了！快来，快来！"结果，一大群女生呼啦一下在赛道边列成队，一起喊着"加油！加油！"

郑铭在一片混沌中似乎瞥见了邓芝的身影，他没有像女生一样浮夸地大叫，而是对他一笑以示鼓励。这一笑仿佛魔法，郑铭眼前摇来晃去的影子重合在一起，他又回到了现实世界。眼看离终点还有最后六十多米，他心中燃烧着烈火，猛地冲刺起来，还差一点，就差一点了！泰迪有些慌乱地向后一瞥，见他以原来两倍多的速度疾驰，也奋力加速——

冲过终点！郑铭累得直接半跪在地上，大口大口地喘息着，享受着氧气重新灌入大脑的感觉，但还是四肢酸麻，站起来也成了难事。刚才冲刺时脚与鞋子摩擦得太剧烈，弄得他脚踝也一阵刺痛。泰迪倒还好些，至少还能站起来走动走动。

疲劳消除后，他才反应过来，自己跑赢了泰迪！他愉快极了，跑到女生堆跟前，孩子气地喊道："看到没有？我赢了！"

他正为自己的胜利而沾沾自喜，远处的体育老师走来，一脸笑意地问："最后追上了吗？"他刚想点头，几个女生插言："没有，我们都盯着呢！"

郑铭当然不服气："真的，我比她快那么一点。"

女生们又嚷嚷起来，说他不认账，对他很失望。郑铭本想再反驳，但是他也有些糊涂，自己最后到底超没超过泰迪？他当时差点在终点吐出血来，的确没记住那些细节。再说，群众的眼睛是雪亮的。于是，他只好认栽。

回教室的路上，泰迪擦干额头上的汗水，眯缝着眼睛说："我还是很享受跑步的。你呢？"

郑铭不置可否地耸耸肩膀，猜测真正的跑者才会享受运动。刚才那八百米差点要了他的命，诚实地说，他绝对不想再来第二遍。

可惜，邓芝目睹了他的惨败，无奈地咬咬牙，把他替换了下来。

等待中的日子总是飞速逝去。不知不觉，运动会近在眼前。还有九小时五十九分钟，五十八分钟……

第二天一大早，两顶气派的大帐篷已经支在看台边。男生在忙着收拾桌椅，女生则负责递递胶带、剪刀什么的，固定帐篷。家长的热心不亚于同学们，有的负责借大帐篷，还有的承包了同学们的饮水。同学们听说这一个接一个激动人心的消息，都不由自主地欢呼起来。

早上八点，开幕式正式开始。第一个节目是集体舞。

集体舞杨闵倒很熟练，也在众人面前跳过几次，但是校方设计了一个特别的入场：高抬双臂，引颈晃头，边大喊边狂奔。

她排练了几次，觉得自己更适合出现在《生化危机》的片场。

本来她是在方队的最后一排，结果昨天最后一次排练，老师下令将方队前后调换，让她哭笑不得。一想到自己要像个丧尸一样狂奔向自己的班级，她就心慌意乱。唯一能给她点安慰的是，金纹、邓芝和张灯等同班同学也在其中，将陪她一起"发疯"。

言归正传，在不知不觉中，班级检阅，跑步归队，奏唱国歌，领导讲话。转眼就到了集体舞。同学们都在忙着整理班级，看着他们方队的人不多，杨闵刚有些庆幸，只听主席台上一位女老师在话筒里喊道："喂，喂，各位家长和同学请尽快就座，我们的校园集体舞表演即将开始！"天哪！

泰迪和郑铭在台下站在一起，看到杨闵胆怯的目光，还幸灾乐祸地笑起来。

她定定神，告诉自己：不要害怕！自己已经站在场上，站在方队的最前列，已经不能回头了，自己应当奋勇向前！

她刚这么一想，听到后面负责发令的男生大喊一声："跑！"于是，她抬起双臂，大喊起来，快乐地奔跑着。

她感到一份莫名的自信，似乎生活中已再无困难。

舞跳得还算顺利，只是刚开始的时候有些小小的瑕疵，因为有人在台下用手机对着她，她又开始紧张，跳错了几个动作。到了后来，他们开始旋转跳跃，这些顾虑也就随之消除了。

音乐结束，他们方队退了场，轰的一下炸开，同学们纷纷回到自己的班级。班里有个相机，同学们互相传递，尽量把所有的精彩瞬间都捕捉下来。

女生的短跑，同学们没那么有把握。二百米的参赛名单卧虎藏龙。杨闵要面对另外两个班级的种子选手。她每到大场合就紧张，面对这背负着班级荣誉的时刻，她能发挥出色吗？

发令枪响！

她起步时迟了一些，但她还是在努力地加速，再加速，超过了一个，又一个，她的眼神聚焦在终点，即将和第一进行最后的角逐。

离终点还有三十米！

两人的距离不断缩短，她们的身影在烈日中融为了一体——

加油！加油！同学们都从座位上站了起来，开始狂喊，但是他们没有听到自己的声音，只是感觉到头骨在震动。

他们仿佛看着电影中的慢动作，在一片光芒中，一个身影从两人的影子里脱离出来，越跑越快——迎着太阳看不清那是谁，但同学们已经心中有数。

喊声从九年（2）班里爆发出来，女生们拉着手欢呼。

杨闵在最后关头奋力冲刺，率先冲线了！她终于在这短短的一百米里胜过了自己！杨闵确确实实是个战士！

天淅淅沥沥地下起了小雨，比赛还在如火如荼地进行。定点投篮的难度由于场地湿滑而进一步增加，但是男生们有条不紊地进行赛前练习，互相分享着技巧和经验。

哨声响起！

男生开始投篮，张灯在场边像个卫士一样守在球筐下，每次有人投完球，他就快速捡起来扔给下一个选手，确保不会因为捡球而耽误时间。

邓芝是篮球大师，能准确地预判到球的反弹轨迹，压低身体，将篮球牢牢掌控在手中。他起跳的时候特别像跃出海面的海豚，那球就如长了眼睛一样，准确地钻入球筐。在他连进两球后，其他男生也仿佛受了鼓舞，球一个接着一个地往球筐里落，男孩们的欢呼声也不断传出。

"快点，大家动起来！投完立刻让开，对对，双手接球！……"张灯负责捡球，流汗一点也不比别人少。

可惜的是，其他班级也是高手如云，投进的球比他们班级要多。公布分数时，一班欢喜，二班愁。

邓芝拍着有些颓丧的其他男生的后背，笑着说："没有关系，没有关系，我们尽力了！"

等大家从篮球场上回来时，雨楠的三千米已经跑完了第一圈。雨楠的手臂不像其他人那样端起来，而是垂在体侧，跑在队伍前列是雨楠全力发挥的成果，不知她能不能坚持到终点。

赛程过半，所有选手都累得大汗淋漓，可是前方还有很长的路。

泰迪越看越担心，开始的悠闲自在一点点退去，她把相机架好，跑到赛道旁，去给她加油。雨楠只是看了她一眼，嘴角抽动了一下，似乎想挤出一个笑容来，但是无奈体力消耗太大，就是这么一个简单的动作都会使她更累。

泰迪连忙说："不要说话，不要看我，跑你自己的！"

雨楠听从了建议，继续向前奔跑。

最后一圈！

此刻对所有人都是巨大的考验，雨楠更是精疲力竭，泰迪看着她有些涣散的眼神，激动地跑到雨楠身旁，一句话没说，只是和她一起跑着。最后五十米，她实在跑不动了，脚步慢下来，泰迪用尽最后的力气大吼出来："雨楠，加油！九年（2）班，加油！"

雨楠跟第一仅一步之遥，夺得亚军。过了终点她双腿发软，瘫倒在地。泰迪立刻穿过赛道去搀扶。

她可真是永不放弃啊，永不放弃！这就是他们（2）班人的精神。

随着三千米赛跑的落幕，压轴项目：4×100米混合接力准备上演了。其他的项目都是男女分开，有时会让观众审美疲劳，这是唯一的男女生合作项目，又象征着九年（2）班初中三年最后一届运动会的尾声，全体同学都离开座位，站到赛道两侧，等待决定性的时刻。金纹跑到四个接力点去给同学们加油打气。

这次选手全都是短跑大将，杨闵、泰迪、张灯和邓芝，大家对他们四个信心十足。咚，咚，咚……

班级中的大鼓一面接一面地响了起来……

选手们站在自己的位置，舔着嘴唇，肌肉绷紧，蓄势待发。

啪！这最后的战斗打响了！

杨闵率先起跑，和其他的选手并驾齐驱。接力棒到了泰迪手里，她跑得是那么迅捷，到了下一棒时，张灯已经领先其他人二十多米。

加速，加速！最后一棒，邓芝接得很稳，之后，他爆发出了整场运动会中最大的气魄。

邓芝在大家的瞳孔中飞速放大，越来越接近终点，其他班级的选手对他完全是望尘莫及。

邓芝的表现实在震撼了杨闵，她站在终点线，说不出话来，只能大叫着连不成句子的词语。

邓芝冲线了！

同学们在同一时间，意识到了相同的事情：不算这项比赛，他们的总分正好与另一个班并列第一，那么这个第一名，意味着他们得到了这届运动会的总分冠军！

瞬间，山呼海啸般的欢呼从班里爆发出来！

邓芝冲过终点线，似乎不明白发生了什么。接着他转过身，呆头呆脑地打听了一番，才后知后觉。他怒吼着和同学们抱在一起……

他们赢了，又一次！

去年运动会，他们的总分就是第一，可是被污蔑犯规，结果转为待定，"待"了一年也没有个回声。现在，九年（2）班对那些嫉妒者说，待定又如何！哪怕我们的成绩永远都在待定，我们的实力也终将有目共睹！

杨闵看着这个伟大的班级，很高兴自己是其中一员……

没想到，这次的第一，是张灯以个人利益为代价，为班级争得的荣誉。

接力赛跑时，张灯似乎有些不对劲，他跑步的姿势有些怪异，失却了往日的自如，而是咬牙切齿，胳膊绷得紧紧的，等他将接力棒传出去后，自己就停了下来，没有跑到终点去给第四棒的同学加油，等比赛结束才发现，张灯已不见踪影。

雨楠摸不着头脑，他的项目得了冠军，为什么不出来庆贺一下呢？她压根儿没往深处想。直到后来，她发现高老师也不在班级里，疑虑骤生，问起几个同学，才知道，张灯受了伤，据说非常严重，甚至要到骨科医院去住院。

伤成这样，他还跑了第一回来！

直到晚上，她看到微信群里的议论纷纷，才了解事情的原委。张灯的确是受了伤，但是他不肯放弃班级，忍着剧痛跑完了全程。

过了几天，同学们去医院看望张灯。那个男孩面色苍白地躺在病床上,他笑着说:"我,我是怕,如果我在这个项目上拖了咱班的后腿,不就与第一无缘了吗?我希望让每个人都看到,我们九年(2)班,够拼!够强!"

在说这些话时,他一直腼腆地用胳膊挡着脸,不知是因为害羞,还是怕别人看到他的泪水。但即使他真的流了泪,也绝不是因为不够坚强——在那弯道上发生的一幕,已经向世界证明了他的坚强——只是,他想到自己的努力能使九年(2)班,他的班级,再度荣登榜首,喜极而泣罢了!

雨楠看着病床上的张灯,脑海中蓦地跳出一个可怕的念头,如果他要住院,该如何应对一个月后的中考?

其实,张灯敢于横下一条心,去挑战极限,不是因为他缺心眼,而是因为他信得过他的朋友,知道自己就算出了什么意外,也会有人做他坚实的后盾,帮他复习。

每个同学都体味着心头转动的五味杂陈。也许这就是成长的滋味,不仅仅是快乐,也不仅仅是烦恼。

这次运动会,每个人都长大了许多。他们看到了自己身边的战士,看到了闪耀在他们身上的灿烂青春：努力训练的郑铭；做了无数志愿工作的泰迪；四处陪跑，不知疲倦的金纹；克服巨大压力，战胜对手的杨闵；用实力证明自己的邓芝；燃烧希望勇创佳绩的雨楠；还有让他们成长起来，懂得了奉献的张灯……

九年（2）班是一个英雄云集的班级。这里的同学看着彼此，一起生活，一起努力，永远朝着未来前进。

中考的那一天，平平淡淡地到来了。

大家曾经无数次想象过这一天的场景，但实际情况和他们想的都不大一样。

他们并没紧张到写不出字，也没有突然考神附体；只是，拿起笔，答完题，而已。

◎我国的国体是？

杨闵一下就想起了答案。

◎蜘蛛属于哪种生物？

不知道啊！德尔塔，我对不起你！

邓芝在心里哭道，想他那只朝夕相处的蜘蛛。

◎请写出这个二次函数的解析式。

金纹看着那条曲线，想起了排球队。那排球也画出这样的曲线，要不为什么叫抛物线呢？

◎图中所示，是我国哪一个工业区？

雨楠咬着笔，谨慎地观察图片，确认选项。

◎厨房里最常见的盐类，它的化学式是？

泰迪上得了厨房，下得了考场，自然知道是NaCl。

◎男女生交往过密有哪些不利影响？

呃，张灯无语了。为什么会有这种题目啊？

◎A. wouldn't / B. can't / C. won't

在场外焦急等待的高老师不知道，她给自己的学生押对了题。

◎初中生活就要结束了，你有什么话想要对未来的自己说？请以《故事》为题目，写一篇文章。要求：文体自定；字迹工整；不少于800字；不得抄袭。

郑铭看到这个题目，笑一笑，奋笔疾书起来。

中考结束后，学校把学生们召集起来，开最后一次班会。

比起之前女生预料的那种感人告别，同学们更多是表现出一种"不愁前路无知己"的豁达。男生勾肩搭背，没心没肺地约着待会儿要去哪儿玩，女生则互相搂搂抱抱，甚至把高老师也囊括到她们的

"开火车"队形中。

他们无法无天地胡闹着,直到老师看时间不早,不得不让他们结束娱乐活动。

"同学们!"高老师仍像给同学们上课那样,威严地大喝一声,大家都安静下来,坐得跟开学第一天一样端正。

"中考考完了,但考试没有结束!"

哎呀,怎么这样!刚刚考砸的邓芝哀叹一声,别人也渐渐开始抱怨。

"安静!现在开始听写!"

他们万般无奈,只得拿出笔,准备考试。

"第一个,邓芝!"

"啊?"同学们都傻了。

"第一个词是邓芝,快写!"

接着,她读了班级所有人的名字。

"收卷!互批!"

同学们把"试卷"传来传去,哗啦哗啦。

"哎呀!我的闵是这个闵,不是虫的那个'闽'!"杨闵不高兴地指着邓芝的卷子,"你未免太爱虫了!"

"不,这是因为……喜欢的东西,总觉得和虫有关系。"邓芝捂着眼睛,羞愧地答道。

"快看快看！我都写对了！"金纹像一阵风一样从杨闵身前吹过去，把自己的答卷在雨楠面前炫耀起来。

雨楠微微一笑，揉揉这女孩的头发："真好。"

"喂，我也都对了。"张灯看她又和女孩亲热上了，不满地嘟囔。

"老师读错了吧？你不是叫茜（qiàn）吗？"郑铭不解地问。

"这个字念茜（xī）！"

"是吗？"郑铭瞪大了眼睛。

泰迪笑了："叫我泰迪就行。管我原来的名字是什么呢。"

高老师指挥同学们回到座位上。

"同学们！"

大家屏住呼吸，他们知道老师要做什么。

"下课！"

老师喊完，同学们坚定地站起来。

"老师再见！谢谢老师！"

同学们用最真诚的声音，说着最真诚的话语，向这座伟大的花园致敬！

他们毕业了！

水吧的灯光慢慢摇晃着,投在雨楠的脸颊上。郑铭坐在她对面,奋笔疾书着什么。

门口的帘子哗啦啦响了一声。泰迪扑过来,搂住雨楠的脖子,"雨!"

"好了,不要太吵啊。"雨楠轻轻用指甲划了划泰迪的手腕。

邓芝弯腰跨过门槛:"久等了!"

金纹紧随其后,以她独有的速度来到郑铭身边,俯身看他正在写的字。"《故事》?什么东西?"

"我自己写的小说。"郑铭自豪地说,"特别好看!"

金纹眼前一亮:"真的?"

"那当然!"

"我看看。"郑铭起身把座位让给金纹,金纹坐下来认认真真地读着。

"怎么样?"郑铭得意地问道。

"嗯,"金纹犹豫再三,"我觉得还好吧。不过,没有 Hi-Story 好看。"

"那是什么鬼东西?"郑铭不屑一顾地说。

金纹气愤地辩解:"不是鬼东西,那本书写得很有趣!我想作者一定是位典雅青年。"她又憧憬地加了一句。

"切，你连这也知道？你这就叫盲目崇拜！"郑铭吐了吐舌头。

"你——"

"好了好了，求同存异啊。"张灯把餐盘端过来，把每个人点的饮品分给他们。

两个人根本没理他，开始唇枪舌剑。

泰迪笑着说："看这帮男生！"

"男生怎么了？"邓芝不满地说。

"没别的意思，只是说，"泰迪不紧不慢地喝了口奶茶，把后半句补全，"咱班男生都得和金纹吵上几回。"

"你说，长大以后该怎么办？"郑铭吼道。

"能咋办啊！好好学习，好好想你们呗！"金纹也吼。

雨楠忽然扑哧一声笑了，大家都惊讶地看她。

"哎，你没事吧？"张灯立马问了一句。

"没事。"雨楠说。

"发分班事宜了。"泰迪看着手机屏幕大叫。

"杨闵、邓芝还有我，二高中。"

"唉，我就说我不是学习的料。"邓芝笑道，"我要继续打我的篮球，争取进NBA！"

"张灯、雨楠、郑铭、金纹在一高中，金纹在普通（13）班，郑铭在卓越（5）班，张灯和雨楠在卓越（6）班。"

他们都一副预料之中的表情。可是张灯突然屏住呼吸，转向雨楠："我，我们……"

"真是讨厌。"雨楠嘬了一口咖啡。

太棒了！张灯用力捶了一下手掌。这样，他就有机会——去和雨楠共创未来了！

对啊，未来！未来是多么令人向往！

属于少年的故事仍在继续。

太阳落下，终究会再升起；乌云密布，早晚也将散去。有时大家觉得，已经没有任何希望之时，也许转折就在下一秒。生活就是这样一个故事，关于黎明，关于夜晚，关于你我，关于始终不灭的爱。

这个故事将永远被续写下去，只要大家都在，故事便永不完结。

"敬我们大家！"反正此刻也没什么规矩约束，邓芝突然大喊起来。

"愿我们未来再见。"雨楠的低语混杂在其他人的欢庆声中。她转过头去，偷偷给这个世界赠送了一枚天使才拥有的笑容。

七盏玻璃杯，咖啡、奶茶、果汁，碰在一起，

"叮咚",仿佛泉水流过岩石。

九月一日。

早上六点,高中门口的马路上已经挤满车辆。高中生们穿着红蓝校服,熟练地穿行在水泄不通的车流之间,向着学校进发。

张灯是一名高一新生。他紧张又兴奋地打量着周围,看看手表,发现自己有些晚了,赶忙加快脚步。

高中的校园,要比初中的校园大得多。他们初中只有一百多人,但这座高中,整整有三千名学生!

去教室的路上,所有人都步履匆匆。他们三五成群地走着,低着头,被高中生活推着。

在一群"低头族"中,有一个轻快的身影。张灯急切地跑着,书包在背后一晃一晃。他这种不平凡的姿势引得众人瞩目。有些女生好奇地探头打量,几个高年级男生对他指指点点。

新教室在第四栋楼。张灯紧张地寻找指示新生的路标,轻盈地跑着,脚步嗒嗒回响在走廊里。

忽然,他的视线中闪过了一个熟悉的面孔。他停下脚步,回头看去。

"雨楠?"

雨楠站住了，蓦然回首，见是张灯，莞尔而笑，接着又去忙她的事了。

"真是太棒了。"

张灯咧开嘴笑了，继续跑着去找新教室。

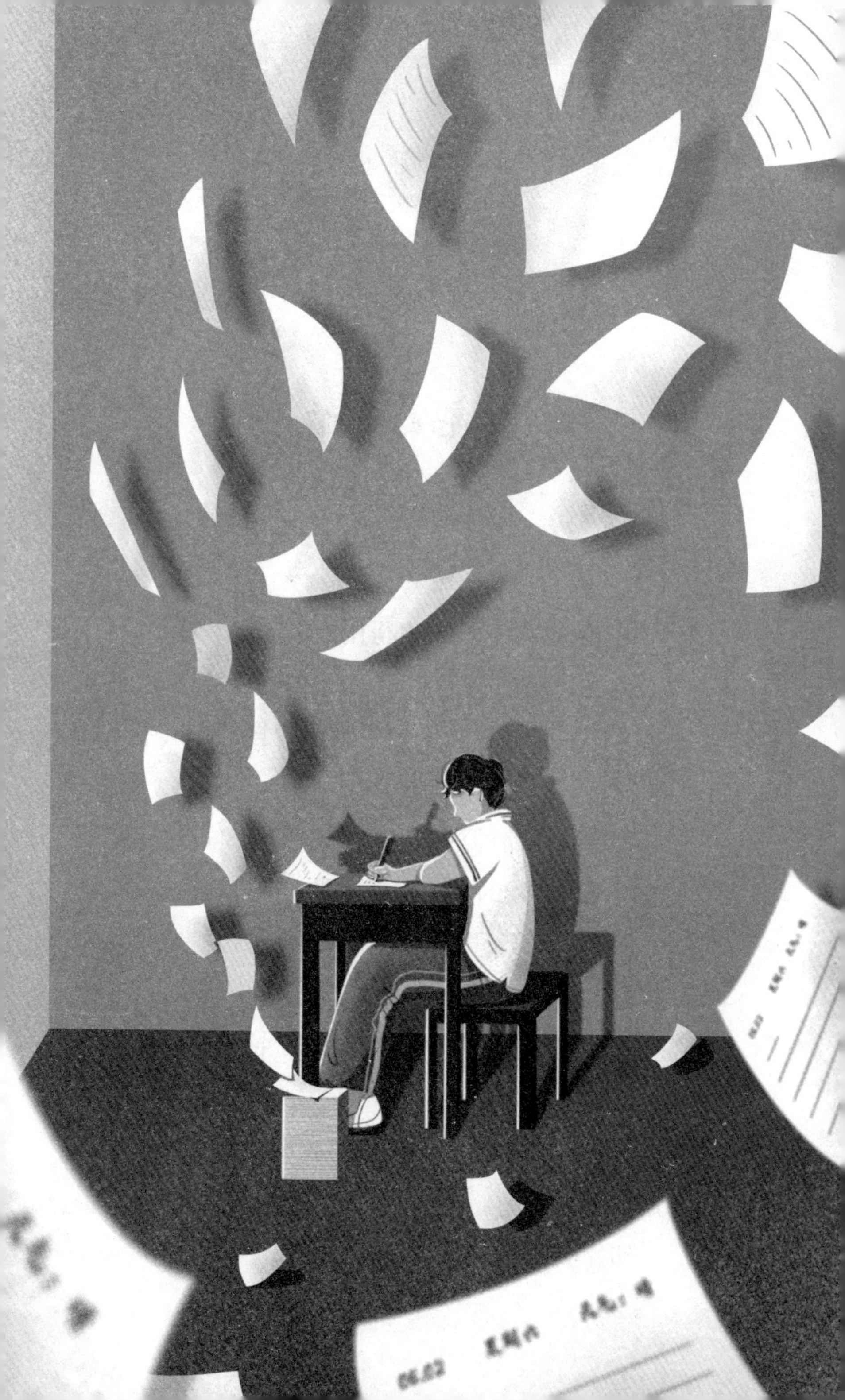

Part.4 追忆

走在冷风中,我不由得用围巾捂住了嘴。

经过公园的铁栅栏门时,你的头发被吹了起来。你用左臂挡住脸,右手收拢着自己在风中飞舞的头发。

我走到小路的内侧,挡在你身前。可是,我根本没能阻挡流动的风,它绕过我,拍打在你的脸上。

你嫣然一笑,把我重新拉到你身边,让我和你并排行走。

"吹点风而已。"你惬意地说,抬起手,抓住被风吹跑的围巾。

我心跳有些加速,尽量不表现出紧张,和你并肩走在一起。

那片枫林已经不远了。

这么想起来,那天一点也不浪漫。枫叶已经落了不少,风也很大,满地的落叶一直都在围着我们打转,沙沙的声音不绝于耳,挺让人烦心的。

但那是个重要的日子。那天,我准备对你表白。

我还记得你刚来学校的那一天。

那个时候,我们在上高一,开学不久,九月。

你大方地站到讲台上,深深鞠了一躬,笑容满面地对大家自我介绍。

转校生,性格开朗的女孩子,很普通啊。我一开始并没有仔细听你讲话,只是无聊地转着笔。

但是,讲到结尾,你说:"请大家不要与我做朋友。"

我愣了,笔杆从手中滑脱,掉在桌面上,同桌瞥了我一眼。

你给人留下开朗阳光的印象。为什么不让别人与你交往呢?

你察觉到了气氛的变化,意识到自己措辞的失误,急切地想要更正。说话的时候,你的身体微微前倾。

"我患有一种病症。症状有些类似阿尔茨海默病,区别在于,阿尔茨海默病通常在老年发病,而我——自出生的那一天,我的记忆就在不断地流走。"

你说完,同学们就交头接耳起来。

"同学们,不要议论!"老师好像早就知道这件事,她敲了敲讲台,底下逐渐安静下来,"总之,嗯,大家要对新同学好一点啊。"

你走下讲台,把书包放在我左侧的椅子上。

大家都好奇地看着你。你也看着大家。

"一边要创造美好的回忆,一边又要看着它们一点一点流走。我的人生啊,就是一场与记忆的赛跑。因此,我愿意把我的病叫作:追忆症。"你轻松地笑着说。

你兴奋地跳上一个落叶堆,摇晃着身体,双手张开保持平衡。但落叶堆只是个空壳,承载不住你的重量,沙沙地塌掉了。你站立不稳,跌下落叶堆。幸好地面铺着厚厚的叶子,你没有受伤,揉揉头发,反而拉着我一起来玩。

"不是你约我出来的嘛!别傻站着啊!"你欢快地转着圈。

我当时心里想的,都是过往。所以我只是敷衍地"嗯"了一声,笨拙地陪你踢着一小堆一小堆的落叶。

你知道吗,如果现在还能回到那一天,我才不要把时间浪费在回忆上。我要陪你找一片最大的树叶,要陪你跳上落叶堆,再陪你摔下来。

在学校和你坐得近,我渐渐对你多了一些了解。

你的学习态度很严谨。我自己并不擅长整理知识,你那本五彩斑斓的笔记令我对你刮目相看。

你是个既平易近人又温暖的女孩子。我和其他男生一起打篮球时,你总在旁边看着,为我们呐喊助威;女生们跳绳时,你又在边上帮忙记着数。

当时,你总是记不对我的球衣号码。市级篮球锦标赛,你兴致勃勃地说要帮我录像,结果却录错了人。我记得,比赛过后,看着你的录像,我失望得很呢。虽然赢了比赛,却像是输了点什么。

我的号码,是32,不是23,记住、记住、记住了啊!

你玩累了,躺在阳光下,大大的眸子凝望着天空。

我躺在你的身边,看着你的侧颜。

不管别人怎么邀请你加入他们，你只会回答："对不起，可是，我不想成为你们的朋友后，再把你们忘掉。太残酷了。"

我还是被你深深吸引了。

会忘掉我们又怎样，与我们做"暂时"的朋友也好啊！

一天上课时，数学老师的语速实在太快，我的笔记实在是跟不上，只得向你求助。

你写字的速度很快，既能记好自己的，又能助我一臂之力。我打趣地小声说："干脆聘用你做以后的秘书好了。"

面对这样一句玩笑，你却还是像往常一样无情："可是那样的话，等我消失以后，你还是要换人。"

我的怒火一下子升腾了起来，连正在上课都不顾了，一下子站了起来，把横在我们之间的笔记本都碰掉了，愤怒地喊道："你这个家伙啊！"

老师放下了手里的三角板，吃惊地扶扶眼镜，同学们也都纷纷回头看着我。

"你知不知道，大家都想跟你做朋友，为什么你总是以记忆为借口拒人千里之外呢！"我声嘶力竭地吼道，有些语无伦次。

"同学，请你坐下！这是上课，不许胡闹！下课到办公室去，跟你谈谈最近的表现！还有，今晚告诉你家长，让他们和我说！"老师回过神来，威严地命令道。我这才意识到自己的失态。

"对不起……"我嘟囔着坐下，不敢看老师一眼。

现在想来，居然在上课的时候做出那种事，我也确实太过分了。

我的心怦怦直跳，想着直接说出口算了。之前打好的腹稿都被我忘掉了，我只好随心。

"我，我喜欢——"

"那棵树的叶子还剩好多啊！"你挺身站了起来，跑向远处的一棵大树。我无奈地站起身，跟在你身后，因为告白被打断而有些懊恼。

那是一棵大树，树上的确还有不少叶子，但也都如风中残烛的火焰，摇摇欲坠。

晚上回到家，父母并没有责怪我，而是担忧地询问："你的同桌，是那个患有'追忆症'的女孩吗？这次是因为她，惹老师生气了吧？"

我咬紧牙，没有出声。

"没事，爸爸妈妈理解。"爸爸拍了拍我的肩膀，我惊讶地抬起头，直视他的眼睛。

"啊？你们？"我难以置信。

"你爸爸和她的父亲是朋友，见过那个孩子。她是个很好的孩子，和她交朋友没有什么不对。唉，珍惜和她在一起的日子吧。"妈妈补充说。

"什么？"我隐隐地有些不安。

爸爸说："最近，她的症状空前严重，这样下去，大概很快就会什么也不记得了。最多，只能坚持到高二开学，也就是，下个秋天。"

听到这话，我的心猛地一颤，好像坠入深渊。

"是这样啊……"

看着你站在大树底下，开心地蹦跳着，我突然想起，比起告白，更应该道个歉啊。之前，我上课时对你发了火，还没对你道歉呢。

"那次吼了你，对不起啊。"道歉可比告白容易多了。

我突然想起什么，赶紧补了一句："我那次和你生气，你还记得吗？"

"当然记得，你可吓了我一跳呢。"你拂掉头上掉落的树叶，开心地等待更多树叶掉下来。

我长出一口气,把打着转儿飘到眼前的叶子吹开了:"记得就好。"

"嘿,如果忘了不是更好吗?"你天真地回答,仿佛"忘了"对你来说只是一件无足轻重的小事。

次日放学时,我看到你站在一辆白色的轿车旁,边上还有两个大人,他们挥手招呼我过去。

我忐忑不安地走到他们面前,拘谨得像个小孩子。

"孩子,辛苦你了。"

你妈妈的声音让我有些意外。不是充满埋怨和责备的,而是歉疚的。

"不,我没什么辛苦的。您的女儿很优秀,能和她交朋友是我的幸运。"我客套说。

"我们只是想说谢谢。谢谢你能陪我的女儿。我作为一个父亲,由衷地感谢你。"你的父亲说。

我想起你丝毫不肯放松的冷淡语句,想起你天真的笑容,想起自己对你的责难,想起我的各种担心与恐惧,说道:"没关系的。"

忽然一阵大风吹来,我下意识地闭上眼睛。再睁开来,我看见你摇摇晃晃,像喝醉了酒一样跌坐在地。我急忙上前扶住你。

你晃了晃头："头好痛……"

我突然慌了，紧紧地把你搂住，好像要把你的脸嵌进我的胸口。

"我一直都很喜欢你啊！拜托，给我晚一秒忘记，至少要听到这件事啊！"

强忍了半年的泪水，终于像决堤的河流一般流淌而下。在这一瞬间，我发觉，自己是多么害怕你忘记我！一切的一切，那些纠结，那些挣扎，那些抉择，那些决心，那些表情，那些动作，那些故事，那些感动，我都希望能永远镌刻在你的记忆里！

你的眼神空洞了。我的心也是。

我泣不成声，心头仿佛被洪水侵蚀。

突然，你在我怀中轻轻说："我听到了啊。"

我愣住了，然后突然回过神来，痛苦而又欣慰地放声哭起来。

你抚摸着我的头，安慰我。

"我会一直记得的。"

说完这句话，你好像困倦一般低下头去。

过了几分钟，你清醒过来，抬起头。

你懵懵懂懂地打量着我，接着尖叫一声跳开去。

"喂！你这个坏人，想做什么？"你生龙活虎地对我摆着格斗的姿势。

"没有，没有……"我抽噎着站了起来。

你的父母闻声前来，他们之前一直在远处看着我们。

你像个小孩子一般，投入母亲的怀抱："妈妈，这个男生是谁啊！"

你的母亲暗中对我点点头，拍着你的后背："没事，孩子，他不会伤害你的。"

"可我看他像是坏人！"你不放心地瞟着我说。

"好了，爸爸处理，你先和妈妈上车吧。"你爸爸看着我说。

"爸爸注意安全！"你还一路喊着。

等你们的身影消失后，你的父亲竟对我笑了。

"从来没见过她这么可爱的样子。"他欣慰地感慨道，"之前背负着那么多，显得比我们还要成熟呢。"

说完这句话，他突然奇怪地颤抖了一下，似乎要哭出来，但没等我安慰，他就又平静下来。

"在最后的时刻，她幸福吗？"

"也许吧。"我从嗓子挤出来一声。

"行了，足够了。"你的爸爸对我说。他握了握我的手，和我紧紧地拥抱了一下，他转过身去，失魂落魄地离开了，留我只身站在枫林。

那棵树上最后几片树叶，也飘悠着落了下来。

本以为真的能忘掉你呢，但是，哎，还是很难嘛。

所以，才天真地写了这篇文章。坦白说，我希望你能看到。

我知道，你身上出现"倒序记忆"这种事情，本身就是个奇迹，如果想再出现一个奇迹，让你偶然看到这篇文章，那希望是微乎其微啊。

不过，我还是抱有幻想。

就算不能再见，至少要好好地活着啊。

因为，即使你不记得，你也曾来过这个世界。

而我呢，一直在你记不得的某个地方，想着你，记着你。

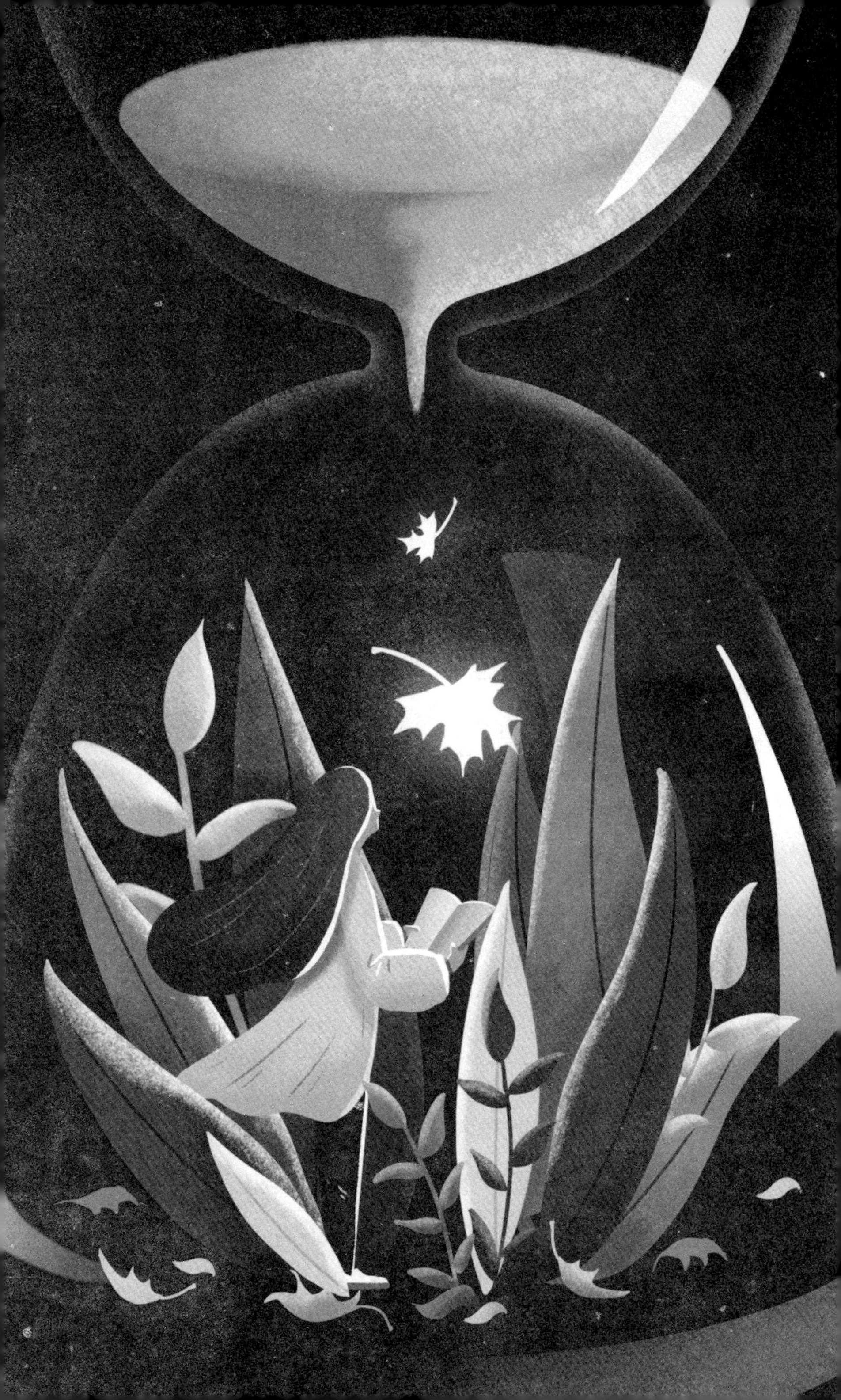

Part.5 偏离

我的名字是：昭。
"被太阳召唤"的"昭"。

我得了一种病。这种病像是青年版的阿尔茨海默病。至少在症状上，它们两个很相像。但是，我认为，它和阿尔茨海默病有本质上的区别。

人们惧怕阿尔茨海默病，是因为它会夺走他们的记忆，而我的病呢，却连创造回忆的机会都不给我。我得到一点，它就偷去一点。

我叫它"追忆症"。

记忆本该是和我们并肩前进的吧。可我的记忆，却在以和我完全相反的方向行走。别人终身有记忆陪伴，而我，只能在生命中的某个刹那，与自己的记忆擦肩而过。

我会记得自己忘记了某些事,但是具体忘记了什么,忘记的事情中蕴含的感动,都再也想不起来了。

等我的记忆全部消失掉的时候,我和死了也就没什么两样了。

高一开学,由于我是转校生,而已有的每个班人数都相同,因此我需要通过抽签来决定自己在哪一个班。

我胡乱想着各种事情,直到身边的老师咳嗽一声,我才意识到自己已经在讲台上站了很久。

然后,我抽到(5)班的字条。

我急匆匆地前去寻找自己所在的班级。我跑得太快了,书包由于惯性,一下一下击打在我的后背上,仿佛是在催促。

我一口气冲进教室,没停住脚,书包重重地甩在讲台上,发出一声巨响。

讲台下方发出了一点窃笑的声音,但是我在人群中看到了你——你轻轻地"切"了一声,仿佛是对那些嗤笑者的鄙视,又或是对我的同情。

"请新同学做个自我介绍!大家鼓掌欢迎!"老

师试图缓和一下气氛。

"请……请大家不要和我做朋友！"

请大家不要和我做朋友，请你们不要为了我，对自己的心竖起刀锋。

说出去的话收不回来。我急忙解释道："我患有一种病症。症状有些类似阿尔茨海默病，区别在于，阿尔茨海默病通常在老年发病，而我——自出生的那一天，我的记忆就在不断地流走。"

这下，同学们立刻窃窃私语起来。但是你没有笑，也没有和邻座议论，而是沉思着，脸上流露若有所悟的哀伤。

你察觉到我的目光，也抬起头来，四目相对的瞬间，我感到了未曾有过的——安全。

一簇希望在我心中燃烧起来。

或许我可以躲在你身后。

哪怕只是暂时的，我也暗暗渴望，你能把我从既定的命运中拯救出来。

我想着，恰巧你对我微笑起来，好像在说：

我答应你。

就算是以十一月份的标准来说，今天也真是冷得要命。

前几天一直在下雪，道路上厚厚的积雪很难化开，再加上大风，从楼里出去不到一分钟，我的脸和手就被冻得通红。

我边打哆嗦，边把拎着作业的手往兜里伸了伸。可惜衣兜里也不暖和，把手放进去，只是自我安慰一下罢了。

突然，一只手拍上我的肩膀，吓了我一跳。原来是你，你调皮地一笑，不由分说夺走我手上的书包，并顺手拿出一副手套递给我。

我伸手去取作业，却被你躲开了。你认真地看着我，把书包放在地上，用腿挡住它不让它倾倒，给我戴上手套。

手套很暖和，但我忍不住问道："为什……"

"嘘！"你打断了我，不过手上的动作却停顿了一下，大概你也觉得自己的行为容易让人误会吧。

你帮我戴好手套，把指尖往我的手指上推了推，又展平手套上的褶皱。

你说："会忘记大家不是你的错，没关系。"

"真的没有关系吗？"我迫切地问，突然发觉自己的自私，就没有往下说。

你又静默了许久，正当我以为你不会回答的时候，你说："真的没有关系。"

这时，气温已经因为太阳的升高而回升，冰凉的雪花飘落在地，成了温暖的水迹。

今天是你期盼已久的市级篮球比赛的日子。之前你那么照顾我，听说这个消息，我便迫不及待地想要帮你做些什么。

一开始，你还满口推辞，说不用麻烦我了，但后来，在我的纠缠下，你无奈地说："那好吧，你帮我录像好了。如果我发挥得好，说不定以后可以作为我的资料呢。"

哨声一响，球赛开始了。在相机屏幕上，我看不清你们的脸，只好根据球衣来辨认。我的视线全部聚焦在"23号"的球衣上，举着相机左跑右跑，好几次差点撞到别的观众。

等到比赛结束，你满头大汗地走下球场，急切地过来看我的相机："我看看，打得如何？"

"当然！我可是录了全程哟，23号最棒！"我骄傲地向你炫耀。

你正在翻找相册，突然僵住了："23号？"

因为在摆弄相机，你正背对着我，这时我才看到，你的号码，是32号。

我急得憋红了脸，说不出话来。我心想，你终于要生气了吧。虽然你嘴上说着不在意，但刚才你来找录像时期待的神情，我也看在眼里。

果不其然，你的嘴角扭曲起来——

然后变成一个笑容。

你捶捶我的肩膀："不识数的家伙！刚才跟我们跑了那么久，还不是白费力气啦！不过算了，没什么的，录像反正也没什么特殊用处。"

你一边说着，一边恋恋不舍地看着对方队伍的专业录像机。

我心里突然感觉酸酸的。我一把推开你，眼角发红。

"为什么对我这么好？我根本不值得……"我哽咽着问，却被你打断了。

"别人认为不交朋友是你的错，我不这么认为。说到底，我不觉得你这家伙有什么特别。"你笑着说。

今天你第一次和我生气了。

我没想到，随口的一句话，竟然会让你受到那么大的刺激。

"你个家伙！"

你拍案而起，怒火中烧，全然忘记了还在上课。

"你知不知道,大家都想跟你做朋友,为什么你总是以记忆为借口,拒人千里之外呢!"

我心说,你怎么可能不在乎?

"我不在乎!"仿佛看穿了我的心思,你愤恨地低吼道。

"有完没完!坐下!这是上课!"老师终于回过神来,对你吼道。你这才冷静下来,垂头丧气地坐在椅子上,没有看我。

晚上在家,我蜷曲在沙发上,迷茫地看着那一片黑暗。

人们说,在一起的时间越久,就越舍不得忘记。然而,我却没有选择,我不得不忘记。

我眨了眨眼睛,这才发现一直噙着的泪水。我把眼泪擦干,坐起身来,打开书包,想要用学习来分心。

翻开数学书,一张草纸掉了出来,是你的字迹,看样子是在匆忙之中写成的。我诧异地摊开读起来。

读完信,我的心拧成了一团,仿佛从外到内都被灌满了一种有腐蚀性的东西。我想要哭泣,但曾经任性的泪水此时却无法流出。我只是在不知不觉中,把纸张像心那样攥成了一团。

"等那一天来了，到公园门口等我。"你在信里这样说。

那一天，指的是，我彻底失忆的那天。

我知道那是哪天。最近，这个预感越来越强烈了。

那时，将是秋天。

不知不觉间，我已经站在了你和世界的分界点。

你和我走在公园的小路上，无言。

我的长头发飞散在风中，遮挡了视线，我只好把它们拨开。

站在铺满落叶的地面上，我感到有些发冷。我揉揉被风眯了的眼睛，抖一抖外套，想让自己暖和起来。你脱下自己的外套，为我披上。

但是——晚秋的那种寒冷，是没法逃避，也没法减弱的。纵使我把自己裹得再紧，纵使你在我的身边，彻骨的凉意依然侵蚀着我的每一部分。

我们在枫林里走了很久，你一直安静地领路，我猜得出你是在斟酌告白的话语。

我的头开始发痛，眼前一阵阵发黑，脑子里的影像若隐若现。我知道它们马上就不属于我了。

头疼让我有点发晕，但是我依然勉强挤出笑

容，佯装开心地跟在你后头。我不能辜负你的决心啊。

你在只剩一片叶子的树下停住了脚步。

你转过身来，面对着我。

你抬起头，直视着我的眼睛。

我的记忆挣扎着要逃跑，我眼前发黑，倒在地上。

你扶起脚步踉跄的我。

你的眼泪伴随着我听不清的哭喊飞洒在空中。

你捧着我的脸颊。

你说——

"不行！"

我撕心裂肺地哭着，用力击打着你的肩膀，打断你的话，不让你开口。

"对不起，我不应该让你承受这份重任！我知道，我不该！"我的话语被啜泣声扯得断断续续，可我依然歇斯底里地继续说。

"可是我没法放手。我想要记得你啊！因为我也很喜欢你！"

我的眼泪滴落在地上，像个孩子呜呜地哭着。可是当我抬起头，却发现你的微笑定格在脸上，像一张老照片，永远地、快乐地凝固着。

我惊讶地四处看去。风声、大雁的叫声、地面上落叶的沙沙声,万籁俱寂。

空中飞舞的叶子滞留在天上,你向前伸出的手臂也僵硬地直挺着。

突然我明白了是怎么回事,把哭脸抹去,挤出一个释怀的笑。

我向后轻轻踏了一步。这一步轻轻落在那堆落叶上,落叶堆立刻飞散到天空中,不见踪影。地面开始破碎成一块一块,崩裂的土块也飘浮起来。你在我面前向后倒去,我下意识地想要抓住你。

可是,飞鸟,落叶,天空,大地,还有你的笑颜,一起迷失在了黑暗之中。

那只是一瞬间的事,仿佛一盏灯突然熄灭,我被抛入了黑暗之中。记忆从我身体抽离的瞬间,我再也无法思考,瞬间倒在了落叶堆上。

我的记忆,消失了。

我幼稚的自我介绍,你送给我的那一双手套,录错了人的篮球比赛,还有那次你生气,那次告白,都仅仅是我的一个美梦罢了。

只是梦,不是回忆呀。那么,我便不会失去它了吧。

这个林子,是我短暂的人生中,最爱的地方。我愿意在这个地方离去。

　　遇到你,遇不到你,是现实,是梦,这些都不重要了。即使你只是一种可能性,我也会选择相信。

　　未来是确定的。

　　而记忆,此刻也终于要停止变动了。

　　梦该醒了。你人生中偏离的一切,该回到正轨了。

　　再见。谢谢你,不刻于骨、不铭于心的你。

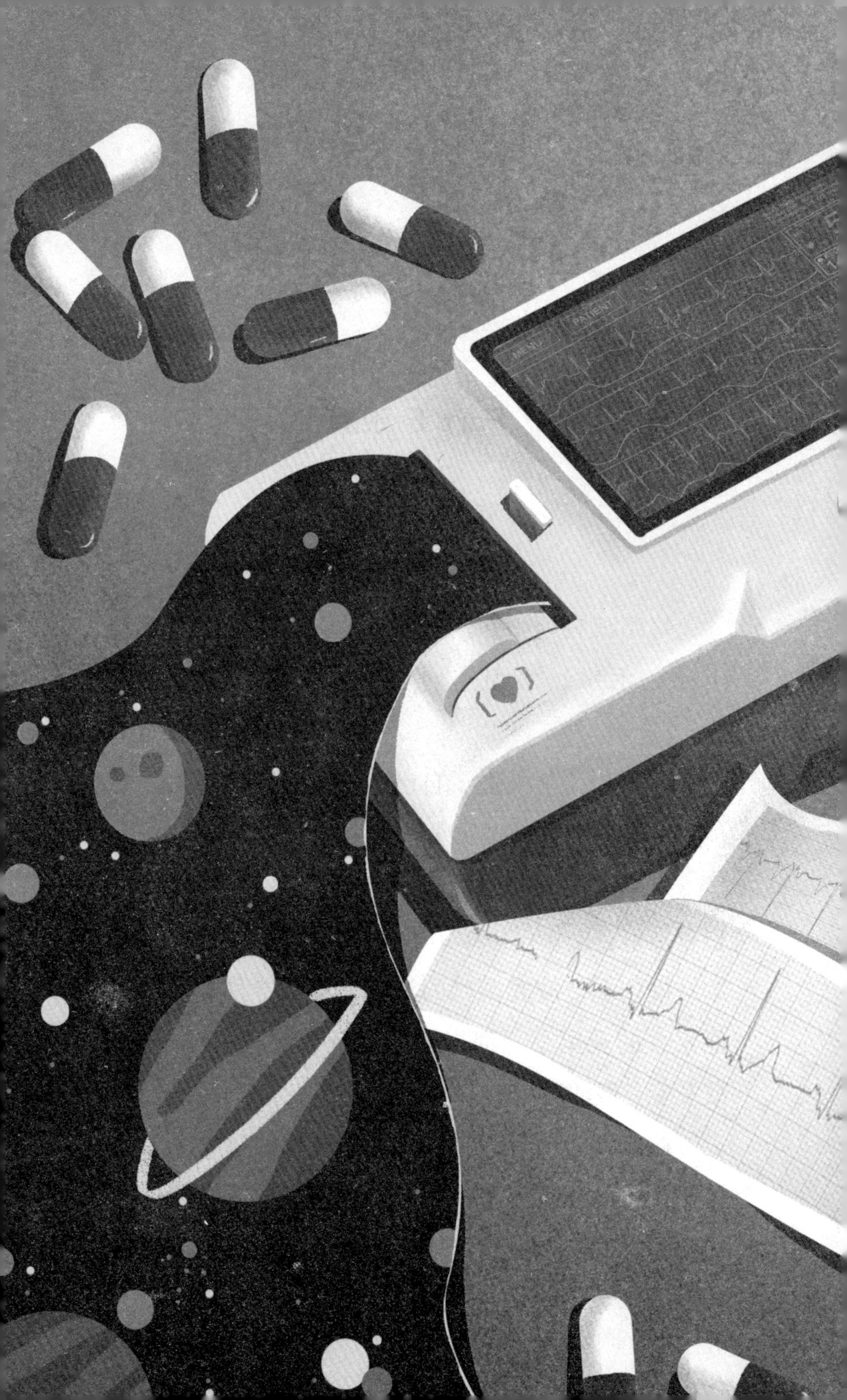
MENU
PATIENT

Part.6 观星

忆昭孤独地坐在河边的草地上。他的眼角挂着干涸的泪水，眼泪连同干燥的嘴唇一同凝固在脸上。

前不久，他失去了自己的挚友。昭的离去，使他第一次感到了世界的残酷。

夜幕降临，他来到离家不远处的一条大河边，想着结束自己仅仅持续了十几年的生命。

夜色下，波光粼粼的河水上点缀着月光。时值他家乡的观星季。河岸边的蒿草在微风中摇晃着，散发着一股清香。

在他的头顶上，是一片无比辽阔的星空。无数忽明忽暗的光点星罗棋布，在夜空里织成一张巨大的网。不时有拖着婚纱般尾焰的流星划过，在漆黑的夜空中刮出一道道闪亮的痕迹。月亮反射着太阳的光辉，释放出不及太阳本尊万分之一，但仍旧很耀眼的光芒。河面倒映出星辰万物，波澜起伏的水面放映着一场生机勃勃的纪录片。

不过，忆昭根本没有在意这一切。他只是双手抱膝，静静地凝视着河面。

"为什么！"

他忽然大叫起来，疯狂地对天空咆哮。

"为什么！为什么！……"

不知过了多久，他筋疲力尽，大口大口地喘着粗气。他的脸埋在手臂中，看不到他是不是在哭。

"被太阳召唤的女孩。"他小声说。

突然，夜空中有一簇光闪烁了一下，发出一股强烈的白色光芒，然后就像熄灭的火焰一样黯淡了下去，最后逐渐冷却在寂寥的宇宙中，消失不见了。

"一颗恒星燃尽了。"

忆昭耳边忽然传来一句低语。他没有受到太大惊吓，对于一个犹豫求死的人来说，发生什么都无所谓。

他把头转向边上，看到不远处的草地上躺着一个看起来比他年龄大一点的男生,有十七八岁。他穿着一件T恤和一条膝盖破洞的牛仔裤,悠闲地跷着二郎腿,晃动着膝盖,左胳膊放在脖子底下,右手举着一个袖珍的单眼望远镜,津津有味地欣赏着天上的美景。

忆昭不以为然地应了一声:"嗯。"

不过那个男生似乎没在等待他的回话,自顾自地说下去:"它也不想这样。"

"喂,你个家伙,一个人来这里,要干什么?"忆昭有些心烦意乱,一挺身站了起来,走到那个男生身边,强装冷酷地俯视着他。

那个男生温和地笑了一声:"看星星啊。这里的星空,最漂亮了。"

忆昭感到莫名其妙,一时间忘记了要表现得冷淡些:"星空?"

"对啊。世界上活着的只有两种人,一种是爱着星空的人,一种是即将爱上星空的人。"那男孩自信地说。他的眼睛始终没有离开望远镜。

忆昭不屑地撇了撇嘴:"我不爱星空。"

"你刚才在看河面,是在看星星的倒影吧。就算没有直视,你也是爱着星空的啊。"男孩简单地说。

忆昭懒得跟他费口舌。

"这样吧,我们打个赌,好吗?"男孩依旧微笑着,"从今天开始,只要一个月,你和我每天都在这里碰面,我们一起观星。如果你爱上了星空,就算我赢。"

真是奇怪的提议。

忆昭犹豫一下,答应了。

第二天。

夜晚如期而至。等忆昭气喘吁吁地赶到河边时,男孩已经在那里等了。见忆昭前来,他一摆手,示意忆昭坐在自己旁边。

"你看。"忆昭半信半疑地坐下来时,男孩一手托着小望远镜,一手指向斜上方,"那就是北极星,远处的那颗。"

忆昭不假思索地顺着他的手指看去,什么也没有看到。

"你骗人吧,什么也看不到。"他抱怨着,伸手想去抢夺男孩手中的望远镜,却被男孩敏捷地躲过了。

男孩把望远镜小心翼翼地塞到裤兜里:"这与望远镜无关。看好,就在那里——"

他往忆昭这边倾斜身体，手臂伸过忆昭的肩膀，让北极星、自己的指尖以及忆昭的眼睛处在一条直线上："那一颗。"

忆昭的视线在一片深蓝中移动，搜索着北极星的身影。终于，他看到远方的天际有一颗暗淡的星星，看起来应该是最接近正北的那颗。那星星若隐若现，根本没有多么明亮。

"什么啊。"忆昭见到与自己幻想相差甚远的北极星，心里有几分失落。

男孩挥挥手，急切地、仿佛为星空辩解似的说道："如今在北半球，只有非常非常晴朗的天气才能看到北极星。北极星不在童话里，在现实中。它就是这样的。"

忆昭没有说话，那份带有防卫性质的质疑，再次冒了出来。或许他就是无法领略星空的美丽吧。

男孩仿佛猜透了他的心思，带着那股忆昭无法理解的自信，眼睛盯着那颗不大显眼的北极星。

"等着吧。一个月以后，一切都会见分晓。"

第三天。

"天琴中的织女星是北天最明亮的星；它与附近的一些小星排列成一个三角形和一个菱形。"男孩指着一个星座说道。

忆昭看着男孩的嘴一张一合，却没有注意到他在说的内容。在他眼里，男孩口中各不相同的日月星体，都是一个样子。

"天琴座内……"男孩忽然闭上嘴，担忧地侧头看着忆昭，"怎么了？天琴座有什么问题吗？"

"不是，"忆昭摇了摇头，"是你有问题。"

男孩挠了挠头，皱起眉毛。

忆昭无奈地说："唉，你说了这么多，星空也没什么美丽的地方嘛。"

男孩起初不服气地想要反驳，但刚刚耸起的肩膀，又落了回去："好吧，你还真固执。借你这个试试？"

他小心翼翼地从腰带上解下那个小望远镜，擦了擦镜头，递给忆昭。忆昭接到手里时，发现望远镜被男孩攥得全是汗水。他借着黯淡的月光打量起望远镜。

望远镜比他的手指稍长一点，差不多从中指尖到大拇指的末端。看起来不是什么名牌，但是做工十分精良，在中部有一个伸缩关节，可以拉得像忆昭的小臂一样长。望远镜涂满了暗金色的漆面，浮有一些细细的花纹，连接着一个个星星一样的小装饰。镜头上有些划痕，但是能看得出来，男孩已经尽力在保护它了。

忆昭盯着手中的这个工具，莫名感到有点压抑。他咽了口唾沫，把望远镜举在眼前。

在视线触摸到宇宙的瞬间，忆昭猛地一惊，手一抖，望远镜掉在柔软的草地上。

他难以置信地再次用肉眼看向天空，夜幕仍是那般宁静冷淡。

可是，用望远镜观赏的景象可就大不一样。看着那片星空，忆昭感觉不像是在往上看，而像是在俯视一道深邃的黑暗沟壑。似乎他和大地仅剩最后一缕联系，而这缕联系又会随时断开，把他抛入那个无底深渊。

他第一次有了震撼的感觉，第一次，他认为星空的确很美丽。

男孩见他发愣，轻笑一声，弯腰拾起自己的望远镜，用衣服的下摆擦了擦上面的草叶："明白了吧？但是，我说过，喜不喜欢星空，与望远镜无关。那些星星，只要你相信，你就能看到。"

忆昭想要反驳，不过无数自己都无法相信的批判在嘴边打转，最终变成了一句："是啊，真的很漂亮。"

男孩的笑容减弱了些,等忆昭重新看向他时,他又恢复了那张充满阳光的笑脸。

两个男孩的约定在继续。

第四天,第五天……忆昭逐渐习惯了这个约定。每天,当天空披上夜网,他们就会在相同的地方碰面。赶上天气不好的时候,他们无法观星,但忆昭也会和男孩谈天说地。

第二十天。

如今,忆昭已经学会了沉浸于星空之中。他不再需要男孩的指点和劝诫,尽管许多星星的名字他还不了解,但是这对他来说已经足够了——毕竟,星空真的很美。

刚刚有了这个想法,忆昭就被自己吓了一跳。明明是下定决心要和他作对的!

可是,凝视着辽阔的天空平原,他又渐渐感觉自己有些幼稚。

因为,躺在柔软的草地上,让微风轻抚过自己的鼻尖和发梢,眼中装着整个湛蓝的世界,这些本身就可以成为他生存下去的理由。

对吧?

他放下望远镜,用手撑着地坐起来,犹豫着问道:"那个,你说……"

可是他惊讶地发现,身边空无一人。原来,男孩今天压根儿没有来。

他呆呆地望着草地,蓦地感到一丝慌乱,急忙翻爬起身,焦急地四处探头张望:"喂——喂!"

"来了!"

在上方的河岸,男孩熟悉的身影逐渐出现在岸边的视平线上。忆昭立刻收起了着急的模样,强装镇定地盯着他。男孩气喘吁吁地奔到忆昭面前,喘得十分夸张。他闭上一只眼睛,胸腔剧烈地起伏着,过了半天才缓过来。

忆昭仰视着他,忽然没有了喜悦。

不过,等自己的呼吸平缓下来后,男孩还是惬意地说了句:"今天的星空,还是一样美丽。"

忆昭下意识地望向天空。各个星座天体都没有变动,依然在应在的地方渲染着宇宙。

一样美丽吗?

也许吧。

第二十九天。

今天温度有些低。他们开始散步,走下长长的石阶，走过静谧的河岸，走上摇晃的木板道。

"那是天蝎座的大火星，对吧？"忆昭一手举着望远镜，一手指着一颗明亮的星星。

然而，以往总会兴致勃勃解答他疑问的男孩，只是回答了一声"嗯"。

男孩忽然停了下来，忆昭一不留神撞在他身上。

"喂，你看你……"忆昭笑着说，然而男孩却犹豫着转过身来，打断他的话："那么，我成功了没有？你爱上星空了对吧？"

当然了，托你的福。忆昭差点脱口而出，但他回答："我不确定。"

他突然发现男孩有些不对劲。男孩瘦削的肩膀微微颤动，一只手抓着左心口处的衣服，低低地喘息着。忆昭愣住了。

没有回头，但是忆昭能看到眼泪从他的下巴滴落到地面上。

忆昭有些手足无措，想要伸出一只手去拍他的肩膀，犹豫几番，那只悬在空中的手还是收了回来。

男孩就这样背对着忆昭哽咽着。

忆昭有些担心。

"喂，你怎么了？"

"我得走了。"

"什么?"忆昭心头一空,"可是,我们的约定,还剩一天啊。"

"不得不提前啦。"男孩低声说道。

忆昭感到一股突如其来的失望。

他不关心男孩为什么这么说,抓紧望远镜,手腕上的血管都绷得紧紧的。

"我就知道,你就是在耍我!"

突然,他转头就跑,把男孩抛在原地。

男孩看着他远去的背影,摇了摇头:"算了,以后有机会再告诉他吧。"

不知跑了多远,忆昭踩到了一块石头,整个身体向前倾倒下去。忆昭的脸差点磕到地面,情急之下他伸出手支撑住自己,结果两边用力不均,身体倾斜,一下子栽进了没有护栏的河里。

河水很浅,仅仅没到他的膝盖。他甩了甩头,"呸呸"吐出嘴里的水,突然感到手掌心一阵刺痛。他举起手来,发现是那个精致的望远镜。在摔倒时,望远镜的外壳破裂了,锋利的边缘在他手上划了一个小口。

忆昭无神地看着自己的手,突然鼻子一酸,咬紧牙，紧紧地合上眼皮低泣起来，泪水宛如一串串水晶落入了闪耀的河面，将水中倒映的月亮打得粉碎。

到底为什么啊？他认为我不值得拯救吗？

一定有个理由。生，死，选择，爱，怨恨，星空。一切事物都一定有个理由。

他要去弄明白。

忆昭的哽咽声逐渐减弱，在河中弯腰哭泣的剪影终于勇敢地直起来了。

"对了，今天，是约定的第二十九天。"

忆昭不想留下遗憾。他不希望自己和男孩就这样不欢而散。他决定回去。

穿着一件不停在滴水的T恤衫，忆昭缓缓地沿河而行。他仰头行走着，感觉自己仿佛是在星空中行走。

他对灼热的太阳避而远之，在月之镜反射的光芒指引下，他步入了一片漆黑的夜色。他连自己的手脚都看不到，只是按照刚开始的方向行走。

渐渐地，他把指引自己的月光抛在了身后，在群星闪耀之间流连，却无法抵达其中的任何一个站点。

忽然，他坠落进了一个庞大的黑洞。比起刚才的无边黑暗，这里则更加虚无缥缈。不要说看见，忆昭甚至都感觉不到自己的存在。

这个地方，是真正的一无所有啊。

如果连我都不存在的话，会怎么样呢？

如果那样的话，这里就什么都没有了。

徜徉在虚无的星空之下，忆昭在伸手不见五指的黑暗中前行。手上的伤口已经不再疼痛。

突然，夜空中有一簇光芒闪烁了一下，发出一股强烈的白色光芒，这光芒掀开了他紧紧闭上的眼睛，他惊骇地睁开眼——眼前浮现的，是那男孩斜躺在草地上优哉观星的身影。

然而，那点光亮像熄灭的火焰一样，一点一点地黯淡了下去。

"不行！"

忆昭伸出空着的手，想要把那抹星光紧紧地攥在手中，可是，他抓了个空。

忆昭的双眼惊讶地瞪圆。他难以置信地望着空旷的草地——男孩已经离去了。

"那是我哥哥的望远镜吧。"

一个清脆的声音骤然在寂静中响起，忆昭不由自主地转头望去，是一个女孩，和他差不多大。她盯着忆昭手中的望远镜。

"我叫叶璇,是那位经常来这里的观星者——叶睦的妹妹。我哥哥叫我拿回他的望远镜。"她连珠炮似的说。

"……噢。"忆昭应了一声,尴尬地把望远镜递给她。

叶璇收好望远镜,嘟囔道:"哥为什么要跑出来找你……"

"嗯,他,他挺好的。"忆昭不由得说道,"他教我认了很多天体。各种星座,还有北极星什么的。"

叶璇的注意力被吸引了:"他和你提过北极星?"

"是啊。"

叶璇看他的眼神变了。

"他只给寄予希望的人讲北极星。北极星有着引领我们到达目标的意义,它可以帮我们分辨方向。它象征着坚定、执着和永远的守护。哥哥把这颗星星作为自己的最爱。他说,只要北极星还在,他就不会有事的。"

"有事?"忆昭忍不住插嘴道。

"哥哥他,"叶璇轻轻地说,"有很严重的心脏病,一个月前他来到这里,就是为了准备明天的手术。但是,手术提前了。"

"什么?"忆昭失声道。

"在老家时,哥哥因为这件事经常焦虑。他总是说要放弃生命,别人怎么劝说都没有用。

"后来有一次,我们一家人一起去看星星。

"那个时候,他还什么都不懂,那些星星叫什么,他一概不知。但是,他深深地被星空迷住了。

"'那颗远处的星星叫什么啊?'哥哥问爸爸。

"'那是北极星——极北之地的航标。'

"'是这样啊。'

"在星空下,哥哥能获得罕见的平静。医生也说,能保持放松,对他的病情有好处。因此,他就养成了观星的习惯。"

叶璇的声音在忆昭的耳朵里盘绕。他仿佛看到了叶睦壮阔无比的心灵,一切都在这一番解释中得到了解答。

之所以要与他定下这个看似无理由的约定,是因为叶睦能分辨出那种厌恶生活的人,就像他自己曾经的样子。他希望把"观星"的意志,不断地传递下去。

"是啊,他那种人,不会甘心成为星空的过客。"

忆昭失神地看着星空,他望到了更远的星辰。然而,教他远望的那个人,正躺在病床上,接受他所热爱的宇宙的审判。

今晚，夜空依旧闪耀。

一年后。

忆昭坐在草地上，凝视着河面。

他恢复了高中的学业。过了这个暑假，他就是一名高三生了。距离失去昭、遇见叶睦，已经过很久了。

忽然，一阵大风迎面吹来，他闭上眼睛，等待大风吹过。一朵云彩遮住了月亮。

"要快点回去了呢。"

忆昭顶着大风站起来，差一点被吹倒。他眨着眼睛转身，却不小心撞在了谁身上。

"哎哟！对，对不……"

他说到一半，忽然愣住了。长长的睫毛，利落的短发，苍白的面容，叶睦活生生地出现在他眼前。

"当时分别得匆忙，连联系方式都没留。做完手术后，我就回家休养了。你这边的星空真漂亮，我一直想着再看一次。真没想到，还能遇到你。"

忆昭看着他。

然后，他紧紧地抱住了叶睦。他的头枕在叶睦瘦削的肩膀上,眼泪浸透了叶睦的衣服。

　　叶睦只是微笑着回抱他,就像抱着生命本身一样。

　　星空赢了。

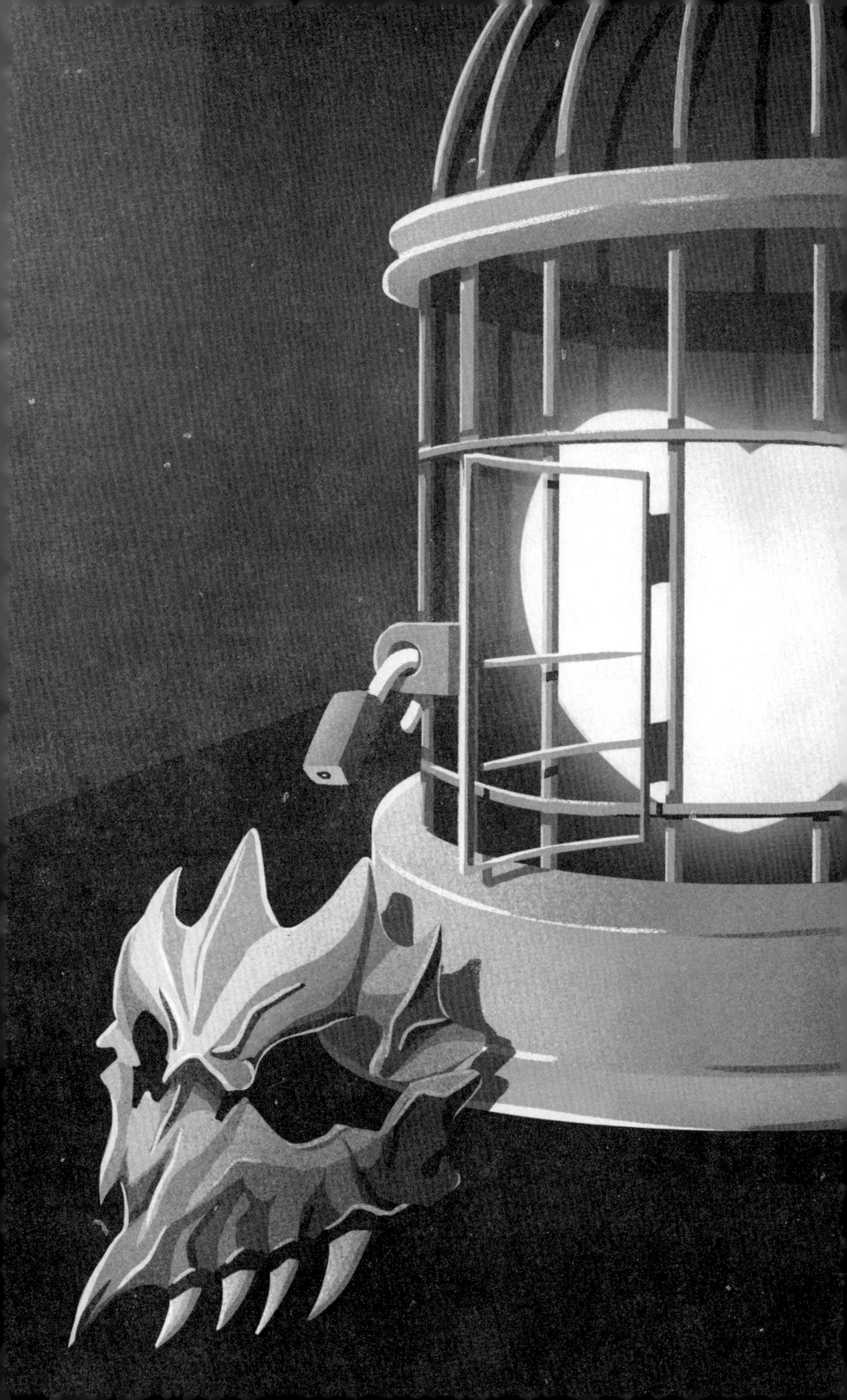

Part.7 无魔

阴沉的天空下,井水有些发红,倒影晃着瑞尔莉丝的眼睛。

瑞尔莉丝坐在井边,出神地望着自己的倒影。

她的头发是纯黑色的,勉勉强强地扎着个马尾。两只眼角微微下垂的眼睛,让她看起来很温和。

此刻,她安静地坐在那里,仿佛凝固了一般。她在想着事情。

"我们是不可能战胜他们的!"

"听说,敌军里有魔鬼!是真正的嗜血魔鬼啊……"

"也许是真的吧?不然战场怎么会那么惨烈呢。"

瑞尔莉丝思考得累了。

起伏的低地上,散落着暗红色的泥土,围着篱爸的土地漫山遍野，荒无人烟。天空一直都是一种阴沉的紫灰色，那是未曾散去的战争硝烟。阳光顽强地在云层间寻找空隙，在地上投射出一个个小小的光斑。

瑞尔莉丝真想一直守候这片不很美丽的土地，永远也不离开。

过了一会儿，瑞尔莉丝跳下地，跑回家门口，嘭嘭嘭叩了叩家门。

木屋的门开了，母亲张开怀抱迎了出来，她把瑞尔莉丝紧紧搂在怀里。瑞尔莉丝有些腼腆地把头枕在母亲的肩上。

爸爸坐在餐椅上，见是瑞尔莉丝，明显松了口气："麦子不久就可以收获了。"

瑞尔莉丝家的房子不大，壁炉中噼里啪啦的火舌不时散落出火星，餐桌上摆好了面包和热腾腾的汤，卧室里挂着瑞尔莉丝之前洗好的衣服。这个地方，不说舒服，至少可以充当一家人的安身之所。

瑞尔莉丝来到后院，准备去看看小麦的长势，忽然耳边传来一声欢快的咩咩声，是一头可爱的小羊在叫。瑞尔莉丝快乐地奔过去，隔着栅栏搂住小羊毛茸茸的脖子。

"喂喂，我回来了，我回来啦！"

另一天。

瑞尔莉丝又有些莫名的不安，一个人到不远处散步。

自己真是的，总想一些不好的事情。边境是不会轻易被攻破的啊。

瑞尔莉丝告诉自己放心，放心。她决定回家，不再多想。

等她到达家门口的时候，天色已经黑得如同夜晚。灰紫色的巨大云团罩在空中。瑞尔莉丝清清嗓子，轻快地跑到木屋门前，敲了敲门，喊道："瑞尔莉丝回来啦。"

她放下手指，满心欢喜地等待爸爸妈妈前来开门。可是，过了好一会儿也没有人来应门。

"爸爸妈妈，是我！"瑞尔莉丝一把推开木门，撞得风铃叮当作响。

接着，一朵猩红的花儿绽放开来，血色的枝蔓缠绕攀附上瑞尔莉丝幽蓝的瞳孔。

昔日安宁的客厅变得乱七八糟，桌子椅子杂七杂八地翻倒在地上。屋子里有三个穿着红色铠甲的人，其中一名穿着暗红色铠甲的骑士正对着瑞尔莉丝，她看不到骑士面罩下面的脸。自己父亲的身体从他怀里滑落下来，颈动脉上有一道巨大的切口。父亲仿佛以慢动作跌落在地，无神的双眼凝视着瑞尔莉丝。

瑞尔莉丝脸上的微笑还没来得及退去，但她的瞳孔瞬间放大了。

骑士慢慢抬起头来，抢先一步丢下爸爸的身体，提起长剑向瑞尔莉丝奔来。

忽然，骑士被谁拉住了。是妈妈！她拼命地拽住骑士的一条腿，仿佛要把它生生勒断似的。

瑞尔莉丝忽然回过神来，那可是自己的母亲！

"妈！别啊，不行！"她语无伦次地哭喊着，本能地冲向母亲。

"莉丝，快走！我会跟上的！"母亲镇定地回答。

"可是——你不可能，连爸爸——"

母亲的眼神忽然变得无比坚毅："瑞尔莉丝，你走！你活着，我们一家就在！"

这是一个母亲下达给女儿不得不执行的命令。瑞尔莉丝最终选择了服从，她甚至忘记了哭泣，只是全力跑着，一路上经过无数空屋。

骑士想要追上去，但妈妈拼尽全力拉扯着他。他踢腿甩开瑞尔莉丝的母亲，一剑狠狠刺入她的胸膛。

见瑞尔莉丝已经不见,骑士不屑地轻哼一声,扬长而去,背影消失在门外逐渐变浓的硝烟中。

瑞尔莉丝跑啊跑啊,心跳快得像震天的咚咚战鼓。她感到全身酸痛,好像迎着炙热的烈焰在奔跑。她的肺部仿佛快要炸开,喉咙也干得要命。

她一口气没提上来,呼吸的节奏瞬间错乱,脚下步伐一顿,眼前一黑跌倒在地上,剧烈地咳嗽起来——血腥的刺激和剧烈运动几乎摧垮了这个女孩。

过了一会儿,她拍拍自己的胸口,等呼吸逐渐平稳,忽然鼻子一酸,瘫坐在地,捂着脸抽噎起来。眼泪从她的脸颊滑下,留下了一道闪闪发亮的伤痕。

那个骑士……他,他千刀万剐——就算要牺牲我自己,我也要把他……

可是忽然她想起,很小的时候,爸爸说:如果开战了,要活下去。她想起,长剑之下,母亲说:她活着,他们一家就还在。

瑞尔莉丝用手背擦了擦眼睛,咬牙颤抖着站了起来。这里是她没有来过的地方,四周荒无人烟,岩石组成的地面在乌云下呈现一种暗红的颜色。地面凹凸不平,有很多尖角和凸起;有些地方在燃烧，冒出浓浓的黑烟，飘散在空气中，形成迷乱的浓烟——这大概就是天空上的那些黑云。

忽然，她听到不远处传来脚步声。她急忙把右手食指塞进嘴巴，狠狠地咬住，防止自己发出声音，同时压低上身蹑手蹑脚移动，尽量远离那个家伙。

忽然，身后有谁敏捷地搂住了瑞尔莉丝，将一柄短剑毫不留情地架在她的脖子上！她吓了一跳，身体抖得像筛糠，差点倒在对方身上。

一个急促的男声在她背后响起。

"给你一分钟，给我说清你的一切。你是什么身份？现在在做什么？你对战局了解多少？"

"我，我叫瑞尔莉丝，是平民。我家住在那边，刚刚有敌人闯进去，我……逃了出来，我父母遇害了。关于战斗的事，我什么也不知道。"瑞尔莉丝强撑着自己，咬牙说道。

"平民？"那个人自语，两秒后，短刀收了回去，瑞尔莉丝一下子瘫软在地。那个偷袭者来到瑞尔莉丝身前。是一个和瑞尔莉丝年纪相仿的男生，他皱着眉，把刀收回腰带上的刀鞘里去。"好了，交代完了，各奔东西吧。"说完，他转身离去。

瑞尔莉丝还是呆呆地杵在原地。

男生背对着瑞尔莉丝，走了一步，两步——然后回头问道："喂，你接下来要怎么活？"

"我也不知道。"瑞尔莉丝诚实地答道。

男生沉吟一下，又想转过身，但最终还是问道："要是让你跟着我，给我打打下手，你能做好吗？做不好的话，现在就离开吧。"

"我能！"瑞尔莉丝有些惊讶，但还是下意识地接口。

男孩叹了口气，敲了敲自己的额头，仿佛有点懊恼："我叫尹内尔。"

尹内尔也是逃难者，他已经逃了很久，到了这里，人生地不熟，因而只是盲目地四处流窜。瑞尔莉斯比他好一点，至少知道敌军进犯的方向。他们决定朝远离敌军的方向移动。

尹内尔很是警觉，眼睛左右转动，不放过一点动静，几乎是风声鹤唳。不过瑞尔莉丝却疲惫得只能跟上尹内尔的脚步。

忽然，瑞尔莉丝看到不远处的地上有一堆布料似的东西。她拉住尹内尔，示意他小心。

尹内尔带头，两人谨慎地来到那摊东西旁边——原来是一队人的尸体。掉在地上的布袋在大风中鼓动着。

瑞尔莉丝用右手抓住左臂，心神不宁地看着这些可怜人。尹内尔俯视着他们。二人一时说不出话来，谁也没有动弹。

"走吧。"瑞尔莉丝看不下去，嘟囔了一声，"别看了，要尊重死者。"

听到这话，尹内尔抬起头，接着又吸了口气，欲言又止，但始终直视着瑞尔莉丝的眼睛。他的心里好像有某种东西在挣扎。

"我们应该去翻翻，看有没有有用的东西。"

瑞尔莉丝气愤地脱口而出："不行！"

"我跟你说啊，"尹内尔双手抱胸，"他们死了，但我们活着。活下去永远是最重要的。你懂吗？"

"那，"她啜嗫着攥紧了拳头，"你去吧。"

"你去找前面那两个。"

瑞尔莉丝愣了一下，"我也要？"

"你可是答应要帮我打下手的。"

瑞尔莉丝咬了咬牙，怀着抱歉的感觉，去翻找前面两个布袋。

"你听说过恶魔的传言吗？"尹内尔边翻找边笑着说，"敌军中有恶魔。"

"看来这种谎话还真是受欢迎。"瑞尔莉丝小声附和。

"万一不是谎话呢？"

"那也无所谓。"

"怎么无所谓？我来到战争区域，就是为了杀掉恶魔、终结战争的。"尹内尔认真地说。

瑞尔莉丝没有听到他的话，她正在小心翼翼地翻找死者的口袋。

她发现了一袋小麦种子和几个白面包，将它们拾起来收好。

他们没时间为这些素不相识的陌生人举行葬礼，不过瑞尔莉丝在动身前，对着死者们深深地鞠了三个躬。

离开家已经快三天了，也许四天——天气一直都是那样昏暗，没办法通过日出日落来判断晨昏变化。

尹内尔抬头看了看天，云朵好像变暗了一点，由红色变成了深蓝色，大概是到晚上了吧。

他找到一块庞大的岩石，和瑞尔莉丝一起坐下来靠在上面。活动了几天的肌肉忽然放松下来，瑞尔莉丝忍不住呻吟一声。她感觉自己的身体已经不听使唤了。

过了一会儿，他们睡着了。

次日，尹内尔醒来时，感觉自己清醒了不少，脑袋也没那么疼了，虽说还是有点昏昏沉沉的。

"瑞尔莉丝，走吧。"他转转腰身，活动一下发硬的筋骨。

她还瘫软在岩石上，眉头微动，嘴里无声地说着什么。

尹内尔忽然心头一紧。之前取得的食物已经吃完了，水也所剩无几。瑞尔莉丝毕竟是女孩子，身体肯定没法坚持太久。

他告诫自己冷静下来想出对策。忽然，尹内尔看到瑞尔莉丝衣服口袋里塞着什么东西，他的手停顿了一下，接着伸了过去。

原来，她的衣袋里还装着几个白面包。面包被她保护着，几乎没有弄脏。

尹内尔惊呆了。

既然她还有食物，为什么不吃呢？

来不及多想，尹内尔急忙取出一块面包，先是从中间掰开，之后再撕扯成许多小块。他轻轻捏住瑞尔莉丝的下巴，喂了她几滴水，帮助她咽下面包。

过了挺久，瑞尔莉丝眼帘才一点点掀开。

她睁开眼，忽然意识到尹内尔做了什么。

"那是给你留的。"

"可是你都饿坏了。"

"如果没了你,我自己也活不下去。"瑞尔莉丝虚弱地笑着说。

尹内尔心里很不是滋味。

"你就算死撑也得坚持。你还没帮上过什么大忙呢。"尹内尔强硬地把剩下的面包塞给瑞尔莉丝。

瑞尔莉丝抬起一只手接过面包,不放心地问了最后一遍:"你真的没事吗?"

尹内尔说道:"当然。"

瑞尔莉丝把面包送到嘴边,狼吞虎咽起来。她知道这样可能会导致呕吐,但她想要噎住自己,让想哭的冲动混合着面包,一起被咽回肚子里去。

他们还活着,暂时如此。

一阵马蹄声由远及近传来,二人急忙安静下来。

不远处,一小支部队飞驰而来,在不远处的地方停下脚步。

"是敌军!藏起来!"瑞尔莉丝看到对方的旗帜,慌乱地说。

尹内尔犹豫了一瞬,露出了惊讶的神情。然而他还是同她躲到一块岩石后面。

那支军队休整一会儿，就策马扬鞭，疾驰而去。瑞尔莉丝松了口气，"幸亏我们藏得及时。那些家伙离恶魔也差不了多远吧。"

"不会。"尹内尔脱口而出。

瑞尔莉丝立刻盯着他："你以为我的父母是怎么遇害的？"

"可我就是觉得他们没那么邪恶。他们也只是为自己的国家效力啊。"

忽然，瑞尔莉丝的眼睛瞪圆了，"你，你不是……？"

"对了，猜出来了吧。"尹内尔不以为意地说，"我不是你们国家的人，我来自你的敌对国。"

一阵沉重的沉默。

"你为什么要来？"瑞尔莉丝愤怒地摆开与他拼命的架势。尹内尔摆摆手示意她冷静："我说过，我是来找恶魔的。"

"恶魔？"对方国家也流传着恶魔的传言？瑞尔莉丝清楚啊，自己国家并没有什么"恶魔"。

可是，恶魔造成的惨象却随处可见。

那么，恶魔到底在哪里，究竟为何物？

尹内尔变得警觉起来，不动声色地朝四周看

了看。

"瑞尔莉丝,安静!有人来了!又是骑兵部队!"

瑞尔莉丝心头漏跳一拍,赶忙屏息聆听。

果然,远远地有踩踏地面的乱响。这响声仿佛敲击在瑞尔莉丝的胃部,让她害怕得瑟瑟发抖。

尹内尔睁大眼睛向远处眺望着。忽然,他仰起头,大张开嘴巴,长长地嘘了一口气。

"没事吧?"瑞尔莉丝什么也看不到,焦急地扯着尹内尔的衣袖,小声问道。

尹内尔回过头,闭着眼睛对她摇摇手指。瑞尔莉丝很难说清他表情的含义:有点释然,又有点无奈。

"是你们的军队。"

一支气宇轩昂的部队从浓烟中踏步而出。战马身上清一色披挂着浅蓝色的战甲。士兵铠甲的左胸位置也刷着一点蓝色。领头的将军骑着一匹枣红马,双臂一擎勒住缰绳,停在瑞尔莉丝面前。

"你们是?"

"我们是逃难的平民。"尹内尔急忙接口道。考虑到队伍对他们的信任问题,他自觉地把剑解下来递给将军。反正跟着部队,他也不需要剑了:"这样就没事了吧。"

将军打量他们一番，便同意带着他们一同行进。瑞尔莉丝松了一口气，她原以为士兵们不会关心毫无战斗力的平民。队伍准备继续行进。将军分给瑞尔莉丝一匹矮矮的马，她骑上去，舒适地搂着马脖子，侧着脸颊。小马走起路来，鬃毛轻轻地刷着瑞尔莉丝的耳朵。

她看到尹内尔在和将军说着什么。瑞尔莉丝听不太清了。睡眠执意拉她进入梦境，她本想再去和尹内尔聊聊天，但颠簸几秒，她就抗拒不住睡意，坠入了名为梦境的土地。

瑞尔莉丝又回到了家门口，喘着气。

血腥的画面再次呈现在她的眼前，这次更加残忍，更加让人难以接受。

"住手！"瑞尔莉丝冲上前去。

可是，在距离骑士一步之遥的地方，她似乎撞上了一堵隐形的高墙，再也无法前进半步，只好眼睁睁地看着那柄嗜血的剑刃向爸爸的脖子刺去。

她哭叫着，拼命去阻拦，然而，没有用。

在骑士身旁，出现了一个娇小的影子。她的声音很熟悉，也很冷酷，让瑞尔莉丝心生寒意。

"你太懦弱了。"

她从阴影里走了出来——是瑞尔莉丝，另一个。

"快救爸爸，求你了！"瑞尔莉丝双膝弯曲，扑通一声跪在地上，泣不成声，双手合十央求道。

那个"瑞尔莉丝"厉声喝道："现在再给你一次机会，来吧！证明你不是个懦弱的人！你行吗？"

父亲死去的场景缓慢地播放着，仿佛是对瑞尔莉丝最大的嘲讽。她肝肠寸断地看着父亲在眼前被刺破皮肉、割断喉咙。

尖叫一声后，瑞尔莉丝醒了。

她呆呆地抬起头来，发现天色已晚，自己躺在一个小帐篷里。瑞尔莉丝悄悄地站起身，像梦游一般走出帐篷。

军队已经停止了行进，在一处平坦的地方扎营了。除了几个哨兵，大家都进入了梦乡。

天上的烟层已经消散了不少，能隐约看到月朗星稀的夜幕。

尹内尔还没有睡觉，在一堆篝火边和几个士兵聊着天。他看起来情绪高涨，双手比画着什么，每隔一会儿就和士兵们哈哈大笑起来。

士兵们都是十分朴素温和的人。最重要的是，他们看起来并不是杀人狂。

"想什么呢？"将军来到瑞尔莉丝身边，一屁股坐了下来，"他们看起来也没那么可怕，对吧。"

"嗯。我觉得他们都很正常。"瑞尔莉丝脱口而出。忽然，她意识到自己的话对这位将军也许构成了侮辱，急忙摆摆手："抱歉！我不是说……"

"没事，你想的是对的。"将军凝望着那弯黯淡的月牙，"他们看起来很正常。不过，一旦战斗开始……"

瑞尔莉丝不知道该怎么回答。

"放心吧，我们知道平民是怎么评价我们的。"将军抿起嘴，"最让我悲哀的是，他们说得没错。即使最初是为了正义而挥起宝剑，战士最终也会被杀戮吞噬。正义会逐渐变成一个虚名。"

瑞尔莉丝默默望着站在高处的哨兵。

忽然，哨兵的头后仰了一下，腰部向后弯折，以一种不自然的姿势栽倒在地，激起尘土飘飞。

瑞尔莉丝的心陡然提了起来。现在是夜晚，加上距离太远，她看不清发生了什么。

将军却忽然猛力一推她的肩膀，她猝不及防地摔倒在地上。

她看到一支箭插在了她刚刚站立着的地面上，箭尾还在微微抖动。

"迎敌！"

将军大喊一声，整个营地瞬间陷入混乱。士兵们抓起最近的武器，向内收缩阵型，摆出防御的架势。将军本能地前去指挥，刚踏出一步又刹住了脚，叮嘱瑞尔莉丝："你去找尹内尔，到后方躲避！"

她匆忙点点头，和将军分成两路。

此时她的眼睛已经渐渐适应了黑暗，能大概看清自己所处的地形了。由于敌军快速从同一方向进攻，军队慌不择路，被逼进一个环形盆地里。士兵们拼命地想要聚集，但敌人居高临下，准确地穿插分割，阻止他们彼此支援。

瑞尔莉丝猛眨了眨眼睛，压低身体，在刀光剑影里逃亡。她尽量减轻呼吸的声音——虽说这没什么必要，周围已经乱成一团了。她没有穿鞋子，岩石上的奔跑对她来说宛如在刀尖起舞，但她仍然逞强向营地另一边跑去。

咻咻！敌军的第一轮箭飞了过来。瑞尔莉丝不敢再看四周，只是一味咬着牙冲刺。

她听到许多声音响起在自己的身旁——剑刃撕裂肉体的闷响，箭镞扎在盾牌上的砰咚声，还有铠甲与斧子碰撞的叮当声，宣告着杀戮的号角声和无数士兵的呻吟声，全都混合在一起，仿佛一场杂乱不堪的哀乐演奏。她没法分辨哪个声音来自哪里，但她知道，逃开准没错。

终于，她来到了营地另一头，张望着喊道："尹内尔！"

然后她看到了尹内尔映在月光下的身影。

像一个稻草人，衣衫褴褛，屹立不动。

太好了！瑞尔莉丝激动地冲上前去，牵住尹内尔的手，"将军让我们藏起来！"

但是，尹内尔没有动。

"尹内尔！"瑞尔莉丝的神色变得困惑起来，"你怎么啦？尹内尔？尹内尔！"

她不知道，尹内尔已经完全听不到她的声音了。

尹内尔绝望地环视着周围的灰暗景象。他从未感觉自己和这个世界是如此格格不入。刚刚才和他聊过和平梦想的士兵们，此时好像变成了别的物种，眼里闪烁着嗜血的欲望，疯狂地冲向自己的敌人。如果不看身着的铠甲，尹内尔甚至没法分清两支军队——攻方怀揣着毁灭的决心，守方没有尽力防御的冷静，爆发在战场上的，只有疯狂。

看着沉浸在战争里的众人，尹内尔内心有什么东西断裂了。

周围人的鲜血，喷溅在尹内尔的心上，一点点地将它覆盖、蒙蔽了。

他一直以为，战争是恶魔的行径，和人们无关。可是，此时发生在他面前的，正是货真价实的战争，可是其中却没有恶魔的身影。不断杀戮着的，是人。

一切的一切，都变得黑暗了。

在这个黑暗的空间里，他变成了一个小木偶。他瘦小的四肢上缠绕着无数闪闪发亮的细线，双脚被安插在了一个水晶小盒上。

盒子扭转着他的脚，强迫他在晶莹剔透的舞台上旋转。

然而，他再也不愿意去反抗了。现在他只想终结战争。只要加入一方，然后杀光另一方，战争就结束了。

瑞尔莉丝困惑地看着他摇摇晃晃地向战场中央走去。

她惊愕地伸出手去拉扯尹内尔的衣服。

尹内尔连头都没回，只是猛力一甩胳膊，瑞尔莉丝被他狠狠摔在地上，牙龈被这股冲击震得充血，一阵阵发酸。

瑞尔莉丝惊呆了。尹内尔忽然变成了一个怪物，一个和其他战争狂没有区别的恶魔。那个理智的尹内尔已不复存在，此刻冲向战场的，只是一个没有灵魂的躯壳。

她想去阻止尹内尔做傻事，但双腿一直在发抖，不听使唤。

尹内尔从侧面插入敌阵，斜着身体来冲刺，左手垂在地面上，一面保持平衡，一面摸索着敌人尸体上的武器。终于，他抓来一把长剑，立刻双膝半跪下去，恢复平衡，同时在身前把剑转移到右手。

他顺势抄起那具尸体另一只手上的盾牌，不料还没等站直，一个敌军剑士就大踏步奔来，侧过身子，做出一个流畅的侧身回旋，把盾牌从他手中挑飞，还没等他反应过来，剑士侧过一只脚，停住身体，但手却还在运动，持剑画了一个半圆，从后至前，再次直逼尹内尔的面庞。他一急，上身弯折躲过进攻，却失去平衡，跌倒在地。剑士丝毫没有减速，反而借势更加迅疾地劈砍过来……

瑞尔莉丝心如刀绞。她看着自己周围一幕幕残忍的决斗场景，看着那么多生命走向消亡，却没有办法做任何事情。

士兵们都在拼命战斗，奈何敌人数量实在太多，军队逐渐陷入了劣势。事发突然，军队连阵型都无法摆出，战斗力被大大分散了。

尹内尔专心投入和眼前敌人的战斗中。他向旁边侧翻，躲开剑士的刺击，继续和他缠斗。不过，他毕竟不是士兵，只靠自己那点招式根本抵抗不了多久，不一会儿就被对方死死压制。

此时，将军正在阵中四处支援陷入困境的士兵。他忽然看到了尹内尔，便带上一张弩，另一只手持剑杀出一条血路。他本想从远处直接射杀尹内尔的敌人，但他怕误伤了尹内尔。

"接着！"他为弓弩上好膛，一甩手把弩扔给尹内尔。

尹内尔左手空闲，正好接过弩，他撕心裂肺地咆哮着，一面用右手挥剑提防着剑士，一面用左手抓住弩。他用自己的剑挑开剑士的格挡动作，然后抓住时机，将弩对准了剑士。

"死吧。"尹内尔冷酷地说。

只听嘣的一声脆响，弹力巨大的弩弦将锋利的弩箭推了出去，弩箭刺穿了那名士兵的脖子。

虽然士兵手里已经没有了武器，尹内尔仍在残忍地一遍又一遍把剑刺入他的胸膛。

不远处的瑞尔莉丝看到了这一幕。她痛彻心扉地喊道："尹内尔——"

尹内尔的黑暗世界里，忽然出现了一抹光亮。他本能地抬起手去遮挡耀眼的光芒。

朝阳正在升起。在阳光的渲染下，被鲜血染红的地面显得尤为刺眼。地面上布满了损坏的盾牌和武器，断旗在凛冽的风中呼呼鼓动着。人们死的死伤的伤。战场尸横遍野。

他的目光缓缓落到自己的手上，黏稠发褐的血液沾满了他掌纹和指甲的每一个角落。手中的剑仍然在滴落鲜血。

他忽然感到不寒而栗，触电似的把手中的剑甩开。

他惶恐地看着自己的手，双腿微微打战。

"我，我是怎么了？"

瑞尔莉丝忍住恐惧和反胃，让自己不要去看那具尸体，抬起腿站上土包，要把尹内尔搀扶下来。

"我是怎么了，我是怎么了……"

他喃喃自语，没有理会瑞尔莉丝。

瑞尔莉丝焦急地说："尹内尔，快走吧！援军来了！"

谁知，尹内尔甩开瑞尔莉丝，颤抖着拾起那把剑，缓慢而坚定地举起了剑，狠狠地刺向自己。

瑞尔莉丝没有弄明白发生了什么，但她本能地伸手去阻挡尹内尔。

当然，已经来不及了。

尹内尔哭了，同时也笑了。

"我终于杀死恶魔了。"

那一瞬间，仿佛整个世界崩塌了下来。

尹内尔如同枯萎的花朵一般，轻轻、轻轻地凋零在瑞尔莉丝的面前。

瑞尔莉丝不敢相信这一切。

在乌云笼罩下，暗红色的大地向周围延伸开来，地面上怪石嶙峋，仿佛是受害者的墓碑。瘫倒时，岩石地面划破了瑞尔莉丝的膝盖，微风轻抚着瑞尔莉丝面庞上的伤口，尹内尔的鲜血喷溅在她的手上，逐渐凝固成棕色的硬块。

这些都仿佛成了人工制造的布景，太假了，对瑞尔莉丝来说。连自己的知觉都变成假的了。

他杀死了恶魔？可是，哪里有恶魔？他只是莫名其妙地把自己……

瑞尔莉丝无声地抽泣起来。瞬间，世界重新恢复了它应该拥有的触感，视觉听觉嗅觉痛觉如暴雨倾盆一般同时压在瑞尔莉丝身上！她忽然有些明白尹内尔的心情——他对自己残忍的憎恶，正如瑞尔莉丝对自己懦弱的憎恶一般。她如同狂风中摇曳的花朵，被撕扯得体无完肤。她抛弃了一切顾忌，任凭自己的泪水融化视野中的一切。

她就这样半跪在锋利的岩石地面上，面前是尹内尔的遗体。他湛蓝的眼睛睁开着，倒映出灰暗的天空。他胸口插着从敌军士兵手里夺来的剑，剑刃反射着幽光。

突然，一抹蓝色从冉冉升起的地平线上显露出来，是援军。

这支援军的作战方式很是特别。在进入敌军弓箭射程范围内时，前锋位置的方阵迅速打开，冲在最前面的将军减速躲进第一梯队里，接着第一梯队全部擎起盾牌，防御从天而降的箭雨。然后，两翼的士兵犹如爆炸一般四散开来，直奔零散的弓箭手，将他们杀得片甲不留。

援军的将军从战马上飞跃而下，顺势从身后抽出两柄长剑，以极快的速度飞奔，来到敌阵中，只一次奔袭，就有四五名敌军倒下。

战斗终于结束了。

肩膀上传来轻轻的触碰，有人示意她让开，他们来抬尹内尔的遗体了。

瑞尔莉丝没有追上去。一旦去确认了，尹内尔死去的事实就会变得无比清晰。

她仿佛听到恶魔的低语。它让尹内尔疯了，它让每个人都疯了。

忽然，瑞尔莉丝发觉有谁站在自己的面前。

她麻木地抬起头——蓝色的头盔，顶部有国家军队的图案。原来是刚刚那支援军里的士兵。

那位士兵双手摘下自己的头盔——是个女孩。她和瑞尔莉丝一样年轻，及肩的头发呈现浅浅的棕色。她把头盔单手夹在腰间，另一只手自然垂落在修长的腿边。

"没事吧。"

"我叫瑞尔莉丝。"瑞尔莉丝轻声应答。

"我叫格罗瑞娅。"

格罗瑞娅坐下来，与瑞尔莉丝面对面坐着。几分钟以后，她试探着伸出手去，轻轻抚摸着瑞尔莉丝的头发。瑞尔莉丝胆怯地一躲。

"士兵们！我们要去夺回沦陷区！"一位男子大喊道，看起来像是领导者，"休息一晚，然后乘胜追击！有余力的士兵，每人负责照顾一名幸存者！"

格罗瑞娅听闻此言，似乎有些高兴。她撩开瑞尔莉丝散乱的头发，把头放低，礼貌地问："你愿意跟着我吗？我会好好照顾你的，瑞尔莉丝。和我们在一起，你是安全的。"

"恶魔，给我走开。"

"欸？"格罗瑞娅以为自己听错了。

"给我走开啊！"瑞尔莉丝突然爆发了。她狠狠一拳打在格罗瑞娅肩上，"你们和他们一样，都是恶魔！别装好人了，我不需要你照顾！就算是饿死，也比死在你们手里强！"

格罗瑞娅挨了一拳，却并没有什么痛感。倒是瑞尔莉丝口中的"恶魔"，让她有了一丝小小的触动。

"你轮不到饿死，就会被敌军抓住的。到那个时候，你会生不如死。"她故意冷酷地说道。

果然，瑞尔莉丝被这句话吓到了，有些不知所措，拳头停在了半空中。

格罗瑞娅继续说："跟我走，这是命令。这也是为你好。你这么年轻，总有想做的事吧。不管是什么事，都是活着才能做的。"

瑞尔莉丝听到这句话，表情有些变化，点了点头。

格罗瑞娅扭过头去，"切"了一声。这家伙还真是恼人啊，明明是要救她，她倒满口怨言，还说我是"恶魔"。

我才不是恶魔，我是战士。

——这句话，格罗瑞娅从参军到现在，不知道对自己说过多少次了。现在，她又说了一次，但态度却是前所未有地动摇。

瑞尔莉丝发现，军队正是要去夺回瑞尔莉丝家所在的那个区域。

二人决定去找一间完好的木屋居住。

两个女孩日夜兼程，交替驾马来节省体力。

过了一周，疲惫不堪的两个女孩终于看到了一间小木屋。

她们迈着沉重的步伐，一步一步走向木屋。

她们推开门，已经锈蚀掉的风铃发出咯咯吱吱的闷响。

格罗瑞娅从背后取下护臂戴在左手上，警惕地提防着潜在的危险。她蹑手蹑脚进入客厅，确认暂时没有埋伏以后，使劲闭了下眼睛，让自己尽快适应屋里的黑暗。

打探一番后，收拾完毕，瑞尔莉丝和格罗瑞娅回到屋子里。

干木柴在壁炉里噼里啪啦地响着，火光映照着瑞尔莉丝凝滞的脸颊，她漂亮的瞳孔里倒映着壁炉，仿佛一轮黯淡的落日。

格罗瑞娅打破了沉默："从今往后，我们就住在一起了。别总是一副冷酷的样子，我知道那不是你。"

瑞尔莉丝没有搭腔。

"好吧，那我就先不和你说话了。不过，你得给我记住：作为一名士兵，我的职责是保护民众，保护你，不是滥杀无辜。我，不是恶魔。"

格罗瑞娅几乎是咬牙切齿地对瑞尔莉丝说。但紧接着她又后悔了——自己没必要对瑞尔莉丝这样。瑞尔莉丝没有恶意，她只是害怕而已。战争的局势是多变的。格罗瑞娅时不时还要上战场。格罗瑞娅对上级提出了申请，担任防御任务，上级批准了。之前的小镇变成了军队的驻扎点。

第一个星期，瑞尔莉丝没和格罗瑞娅说话。

格罗瑞娅一骑当千，振奋地举剑嘶吼着，与千军万马一同冲向敌阵。她塞在头盔里的头发已经被汗和血液黏住了。

她盯住敌方骑兵阵的一员，看准时机，在两队接触的瞬间，低下头将长剑平举，转动剑柄使剑锋形成绝佳的角度，决断地刺向骑士的腰部。

剑锋从盔甲的缝隙间深深地插入他的侧腰，格罗瑞娅听到他头盔里响起的痛苦呻吟。她趁机拧动剑柄，手往回收，牵动他跌下疾速奔腾的马匹，他被四处马蹄激起的灰尘掩盖了身影。

格罗瑞娅没有停顿，而是立刻直起身子，改用剑背拍向另一个持剑砍来的骑士，他被重重地击倒在马背上，身体弹起，撞得神志不清。

她咬咬牙，用戴着手套的手背抹了一把被溅上鲜血的面罩，突然对面一个骑兵向她低砍过来，正对着她的腹部平斩。她本能地抬起左手的护臂，谁知那把剑却突然下压，砍中了格罗瑞娅的马。马儿悲鸣数声，失去平衡，把格罗瑞娅甩飞出去。

格罗瑞娅反应极快，用剑尖钩一下地面，稳住自己的身形，躲开迎面而来的马匹。

整个身体向右移动，格罗瑞娅手向内一翻，将身旁一个骑士砍来的剑叮的一声招架开去，顺势高举剑锋，将他斩于马下，并借力回旋上马，勒住辔头，把马头强行勒转。

"冲锋！"

格罗瑞娅听到身后的指挥官发出了振奋的呐喊，其他士兵也参差不齐地喊着："死守阵地！"

呐喊声，敌人的哀号声，刀剑盾牌的铿锵碰撞声，混合在一起，震撼着格罗瑞娅的耳膜。

终于，敌军首领胆怯了，他暗地里骑马后退，妄图消失在人海当中。敌人很快注意到自己的指挥官正在撤退。瞬间，整支队伍如一盘散沙，杂乱无章地分散，格罗瑞娅所在的军队立刻穿插进去，各个击破。胜负已成定局。

此时，格罗瑞娅终于放松下来，在马背上伏下身子，脸贴在马脖子上，右手拖着剑。剑锋划过细碎的沙石，发出轻微的声响。

格罗瑞娅疲惫地倚在马背上，看到残阳在剑身的反光中一点点下落，反射出跃动的暗红色光斑。

火炉里的木柴噼里啪啦地响着，瑞尔莉丝打了个哈欠，随手又往壁炉里添了几块柴火，壁炉蹿出一串火舌，几点火星溅到瑞尔莉丝身上穿的破布衣裳，她只是漫不经心地将它摁灭。不知为何，瑞尔莉丝感觉身上发冷，一直在打寒战。她坐到了壁炉边上。

虽然仍下定决心不和格罗瑞娅交谈，但她能看出来，格罗瑞娅一直在迁就她。所以，为了不欠下人情，每次格罗瑞娅参战，瑞尔莉丝都会偷偷等她回来。

早些时候，不远处战场上的厮杀声渐渐平息，瑞尔莉丝猜想，这次战役已经结束了。她趴在木头桌子上，抚平桌子上凸起的毛刺，让下巴挂在桌面上。瑞尔莉丝的眼皮越来越重，并且脑袋也有点发晕。不知怎的，在温暖的火苗边上，瑞尔莉丝还是一阵阵地颤抖，她努力把身上的衣服裹得严严实实的。

突然，门外响起了铠甲摩擦的声音。门被格罗瑞娅用剑柄推开，她气喘吁吁地用剑撑住自己的身体，却摔倒在地。

"格罗瑞娅？"

瑞尔莉丝一看情况有些不对，沉不住气了，前去迎接，替她接过宝剑，但由于宝剑太重，她只能把剑尖拖在地上。锋利的剑在木头地板上划出一道刻痕，和早些时候其他的刻痕交错在一起。

瑞尔莉丝把剑搁在屋子尽头的柜子旁，又跑到门口搀着格罗瑞娅走进屋里。

格罗瑞娅卸下身上的铠甲扔到一旁，兴奋地振臂高呼："我们赢了！"

"老实一点。"瑞尔莉丝把水壶放到火炉旁，摆好格罗瑞娅脱下来的铠甲。

水壶咕嘟咕嘟地烧开了，瑞尔莉丝从衣架上取下一块亚麻布，浸在热水里烫了烫。格罗瑞娅脱掉上衣，瑞尔莉丝接过格罗瑞娅换下来的贴身衣物，挂在布片原来的位置。

格罗瑞娅身上遍布大大小小的刮擦、破皮，大多数的伤口已经愈合，结了血痂，但还有的地方仍已经露着粉色的新肉，或是在火焰映照下闪闪发亮的鲜血。她肩膀上有一道长长的刀伤，差一点就碰到了脖子。

瑞尔莉丝从水盆里取出亚麻布，轻轻地把它搭在格罗瑞娅的后背上，展平布片。格罗瑞娅本能地倒吸了一口气，但很快就适应了布片的热度。她舒服地放松身体，惬意地闭上眼睛。

瑞尔莉丝站到格罗瑞娅背后，双手按揉着她的肩膀。瑞尔莉丝不想说话，可还是忍不住悄声问道："战况如何？"

"很棒。敌军的大部队已经撤退，我们再休整休整，就可以彻底将他们驱逐出去。"格罗瑞娅忍不住握紧了拳头。

"现在基本可以确定胜利了吗？"瑞尔莉丝问道，手上不小心加重了力度，格罗瑞娅疼得"呦"地吸了一口气。

"再过几天，说不定就可以结束战争了。"格罗瑞娅把瑞尔莉丝的手推开，说道。

瑞尔莉丝愣了一下："那你还要上战场吗？"

"为什么不去？"格罗瑞娅不解地回头问道。

"已经快要胜利了，少你一个战士，不会有什么大碍的。"

"如果每个人都这么想，就没有'军队'可言了。"格罗瑞娅平静地说，但语气中却透露出不容反驳的坚定。

瑞尔莉丝忽然有些后悔之前那样冷漠地对她。格罗瑞娅不是恶魔，她对自己很照顾，而且她并不是盼望战争，而是盼望战争结束。她看了看那把剑，剑身都是大大小小的划痕，还有一些缺口。

"你倒是了无牵挂。"瑞尔莉丝喃喃道。

"什么？"格罗瑞娅马上就要进卧室睡觉去，又回过头来。

"没事，"瑞尔莉丝不想让她在上战场的前夕有后顾之忧，"好好回来。"

格罗瑞娅笑了，转身走进了卧室。瑞尔莉丝在外面呆呆地听着格罗瑞娅爬上床的嘎吱声，想进去再看看她，却又找不出什么理由。

唉，每次都是这样：有时格罗瑞娅会在半夜接到命令，因此她们不睡在一张床上。很多时候，瑞尔莉丝醒来时，格罗瑞娅已经早早出发了。

她悄无声息的离去就够折磨人的了，但永无止境的等待更让人心慌。

格罗瑞娅不是恶魔。即使经历了那么多，瑞尔莉丝也能确定，自己这个判断是对的。

她不安地走进卧室，熄掉油灯准备睡觉。

夜里，格罗瑞娅在睡梦中敏锐地听到了远处传来的号角声，她轻手轻脚地爬起来，拎起盔甲，拖着剑，准备参加最后的战役。

这位英勇善战的骑士踏出门去，又停下脚步，回眸看着瑞尔莉丝所在的卧室。

"等我回家。"

格罗瑞娅骑在马上，等待战斗开始。

号角吹响了。格罗瑞娅注意到这次的号角不是平时用的那个，而是发起总攻的号角。雄浑的号角声震动了整个战场。格罗瑞娅热血沸腾，戴好头盔，握紧荣耀之剑，准备迎接最后的大战。

敌人的军队很快出现在地平线上，黑压压地朝格罗瑞娅他们直冲过来。庞大的军队规模让格罗瑞娅吃了一惊，大概敌人也意识到这是背水一战，所以派出了自己残余的全部兵力。

刀光剑影，格罗瑞娅敏捷地四方招架，挑开左右来犯的剑和斧子。她先是拧身躲开前面劈来的剑，然后在起身的同时将剑刺入对面斧骑士的胸膛,并活动手腕将剑旋转九十度,把他一剑绝杀。

斧骑士在格罗瑞娅眼前倒下了。她继续迎战剑士。这个剑士的武艺高强,和久经沙场的格罗瑞娅不分伯仲。格罗瑞娅的刺击被剑士旋身躲过,剑士暴风骤雨般的劈砍则被格罗瑞娅一一招架化解。两人缠斗几个回合,格罗瑞娅也没能找到空隙进攻。

战况僵持不下,战场上弥漫的烟雾气味和灼热的空气更是让格罗瑞娅疲惫不堪。格罗瑞娅怒吼着,连连进攻,将剑士逼退了好几步。

此时,敌军的大后方正在准备新一轮的箭。士兵们浑然不觉,仍在奋力拼杀。

咻——

一支箭在敌军弓手的弓上蓄势而发,借助弓弦的强大弹力,直冲云霄,疾速穿破被硝烟染成黑色的云朵,又落下去,狠狠地击中了格罗瑞娅的左肩。

格罗瑞娅呻吟一声,被巨大的冲力掼得差点摔倒。

剑士趁机上前,弯腰蓄力,再凌厉地抬起手臂,全力把护臂撞击在格罗瑞娅的下巴上!格罗瑞娅被重重击倒在地,身体翻转半周倒下了。

她吐掉口中的津液,立刻重新拾起剑,想要防守,可是刚刚站起身来,剑士上前一步——一剑擦破了格罗瑞娅的小腹。

格罗瑞娅惊愕地看着鲜血从刀刃周围流淌而下，落在地上，滴答，滴答。

她忍着剧痛，猛地向前突刺，竭尽全力将剑从剑士的铠甲缝隙中刺入，准确地刺中了他的心脏。

敌人倒下了。

格罗瑞娅握着剑，脸上不由自主地绽开笑容，想着应该怎么对瑞尔莉丝讲述自己的惊险故事。

不久之后，两国议和，战争结束。

格罗瑞娅和瑞尔莉丝坐在家里，准备享用晚餐。

"你知道恶魔吗？"格罗瑞娅用叉子敲了敲盘子，问道。

我当然知道，瑞尔莉丝想，但她没有出声。一时间，令人难受的沉寂盘旋在屋子里。

"从小到大，我一直在思考，该如何杀掉恶魔。如果没有恶魔，也就没有战争了。

"可是，我渐渐发现，恶魔是杀不尽的。因为，有人的地方，就有恶魔。想要铲除恶魔，除非发生童话里的情节：出现一个精灵，她让每个人心中都洋溢着爱和美。

"我真的很害怕，瑞尔莉丝，我比你更害怕。因为，敌人只是一个又一个的人，而恶魔，我不知道该如何打败它。可是，瑞尔莉丝，在那里，你没有参与战斗。你是唯一没有被恶魔沾染的人。你没有战斗，所以你击败了恶魔。"

瑞尔莉丝听到这句话，睁大眼睛，直视着格罗瑞娅："你说什么傻话？战争是恶魔挑起的，如果我已经击败了恶魔，那么战争又从何而来？"

格罗瑞娅走上前去，像对待小动物一样，体贴地紧紧搂住瑞尔莉丝。瑞尔莉丝柔软的脸抵在她胸前，她感到心头一阵酸楚。

"战争从人而来。不管多么温和的人，一旦陷入战争，都会不由自主地杀红眼睛。这个时候就是恶魔在作祟。"格罗瑞娅猛地推开餐盘，站起身来，走到瑞尔莉丝的背后，紧紧地抱住瑞尔莉丝，"我希望有你在身边。如果某一天，世界上都是你这样的人，那么，将不会再有战争。"

瑞尔莉丝流泪了。她紧紧地回抱着瑞尔莉丝，脸颊滚烫。

那一夜，她们再也没有多说什么。她们只是坐在门口的木台阶上，紧紧地牵着对方的手，等待朝阳升起。

疑惑，一定还有；悲伤，不会散去。

但是瑞尔莉丝不害怕，她相信自己有能量活下去，而且是作为"瑞尔莉丝"活下去。

天空出现了第一抹光亮，太阳要升起来了。

瑞尔莉丝不禁眯起了眼睛。如果爸爸、妈妈和尹内尔能和她们一起在这里，观赏这幕胜景，该多好啊。

太阳已经完全升起了。今天是罕见的大晴天，明媚的阳光照射在暗红色的泥土上，照亮了流过门口的小溪，映照出了飞舞的粉尘，一直照到国境线那边。

············

少女打了个哈欠，揉揉惺忪的睡眼，掀开被子，站起身，拉开窗帘。

窗外晴空万里，微风和煦。白云在一栋栋大楼之间投下淡淡的影子，街道上车水马龙，一切都很平常。

她快速洗了把脸，然后三口两口吃完早餐，穿上校服，背上书包，朝学校跑去。

"喂！早安！"身后一个男生喊道。女孩回过头去，原来是她的好朋友。

"早安！"她开心地回应道。

离校门口越近，同学就越多。这里有各种各样的同学，有的端庄文静，有的开朗活泼。

他们是善良的。他们是安全的。他们是自由的。他们活在一场梦中，那是两个饱受恶魔荼毒的少女的憧憬之梦。

瑞尔莉丝和格罗瑞娅，是两个平凡的少女。她们的名字，早已被滚滚而去的历史长河所淹没。

可是，她们的梦还在。

这是一场跨越千年的大梦，一场关于未来的梦。

这个世界，有离别，有悲伤。

这个世界，有误解，有争斗。

这个世界，仍不完美。

可是，这个世界没有恶魔。